KB047023

다만 잘 지는 법도 있다는 걸

전종환 에세이

다만 잘 지는 법도 있다는 걸

ㄴㄴ〉〈ㄷㄴ

범민에게

1부
아나운서를 하면 마음공부 많이 하게 된다

2부
기사에는 정답이 없기 때문이다

3부
다행인 건 범민이 있다는 사실이다

1부

—

아나운서를 하면

마음공부 많이 하게 된다

—

이거 잘못 뽑은 거 같은데?

"가, 갸, 거, 겨, 고, 교, 구, 규, 그, 기."

나는 벽을 바라보고 있었다.

"나, 냐, 너, 녀, 노, 뇨, 누, 뉴, 느, 니."

벽을 바라보며 반복해서 기초 발음을 연습하고 있었다.

뉴스 교육 시간. 내 뉴스를 들은 국장이 차마 숨기지 못하고 한숨을 내쉬었다. 그러고는 저 끝으로 가서 벽을 보고 서라고 명했다. '가, 갸, 거, 겨'를 큰 소리로 외치라고도 덧붙였다. 당시 나는 세 문장으로 이뤄진 단신에서 다섯 번 이상 오독을 했다.

다행인지 불행인지 나는 혼자가 아니었다. 입사 동기 오상진 아나운서도 나와 함께 벽을 바라보고 있었다. 나는 벽을 바라보며 생각했다.

'나보다 훨씬 잘하는 것 같은데, 이 녀석도 초짜인 건가?'

그래도 위로가 됐다. 혼자가 아니었으니까. 동기애가 이런 것인가 싶게 외로움도 덜했다.

다른 입사 동기인 최현정, 이하정 아나운서는 우리와는 사뭇 달랐다. 오독 없이 곧잘 능숙하게 뉴스를 소화했다. 어떤 기본적인 훈련도 없이 아나운서가 된 대가는 생각보다 혹독했다. 매일 기초 훈련을 반복해야 했고, 그조차 헤매기 일쑤였다. 자신감은 하루가 다르게 떨어졌다. 교육받으러 가는 시간이 점차 무서워졌다. 나는 카메라를 똑바로 바라보지 못했다. 저 멀리 있는 카메라를 보며 말하듯 진행을 한다는 게 어색해서 자꾸 좌우를 두리번거렸다. 당연하게도 그렇게 녹화된 내 진행 모습을 보는 건 참혹했다. 동기들 역시 신입이었으니 어리바리했겠지만 당시 내 눈에는 모두 베테랑 아나운서처럼 보였다. 이들과 베테랑 아나운서의 차이는 무엇인가? 나는 알 길이 없었다. 초짜였으니까. 초짜는 누가 잘하고 못하는지를 구분할 능력이 없다. 20년 차 베테랑 아나운서나 일정 수준에 도달한 아나운서 준비생이나 비슷해 보인다. 그저 나보다 잘하기만 하면 그저 감탄하게 된다. 자신의 내공이 쌓여야 상대방의 내공을 간파하는 법이니까.

"전종환씨. 한번 더 해봐."

"옙. 정부는 추경예산안 평성, 평성, 편성과 관련해……"

"그만!!!"

"예. 죄송합니다."

"……"

한동안 침묵이 흘렀다. 침묵 끝에 선배가 중얼거렸다.

"아, 이거 잘못 뽑은 거 같은데."

답답했던 선배의 입에서 무심코 흘러나온 말을 나는 듣고 말았다. 자존감은 땅에 떨어졌다. 학원 한번 안 다니고 아나운서가 된 게 자랑스러웠는데 이거 큰일이 났구나 싶었다. 조만간 실전에 투입돼야 하는데 여전히 기본조차 갖추지 못한 내가 한심하기만 했다. 당장이라도 아나운서 학원에 등록하고 싶었지만 이미 아나운서가 된 이상 그럴 수는 없었다. 대학 시절 연극 무대에 섰던 경험도 큰 도움이 되지 않았다. 무대에서 필요한 큰 발성과 발음은 아나운서의 그것과 전혀 다른 종류의 것이었다. 말하듯 자연스러우면서도 속도감과 리듬감이 함께 녹아들어야 하는 이 세계 앞에 나는 그저 막막했다.

자존감과 자신감이 떨어질 대로 떨어졌을 무렵 조심스럽게 어머니에게 말했다.

"어머니, 놀라지 마세요. 저, 어쩌면 회사를 그만둘 수도 있을 것 같아요. 절 잘못 뽑은 것 같대요. 제가 봐도 그렇고요. 솔직히 어머니도 제가 뽑혀서 놀라셨잖아요."

이리 못난 자식을 바라보며 어머니는 무슨 생각을 하셨을까. 잠시 뒤 어머니는 별말 없이 회사에서 사용하는 연습용 녹음기를 내 가방에서 꺼내셨다.

"같이 해보자. 네가 읽는 거 내가 들으면서 솔직한 느낌을 말해줄게."

하지만 나는 더 못난 모습으로 어머니 앞에서 녹음기나 만지작거리고 있었다.

뭔가 이상했다

'학력 제한 없음.' 2005년 MBC 신입 사원 공채 모집 요강의 학력 기준이 바뀌었다. 당시 대학 4학년이던 나의 꿈은 언론인이었다. 기자 혹은 아나운서를 꿈꿨는데 대외적으로는 기자를 준비한다고 했다. 아나운서에 대해서는 확고한 자신이나 준비가 모자랐기 때문이다. 아나운서가 되고 싶다고 하면 일단은 '어디 네 주제에?' 하는 시선이 따갑게 꽂힐 것만 같았다.

나의 취업 전략은 간단했다. 일단 아나운서 시험을 본다. 1차 카메라 테스트를 통과하면 학원을 다니며 제대로 준비를 한다. 만약 1차에서 맥없이 떨어진다면 그때 기자를 준비한다. 그런데 마침 MBC에서 학력 제한이 없어졌고 졸업을 하기도 전에 기회가 찾아온 것이다.

그해 아나운서 시험 1차 전형에 필요한 서류는 이력서와 사진이 전부였다. 사진을 찍기 위해 동네 사진관을 찾은 나는 평소 쓰던 안경을 벗고 렌즈를 꼈다. 조금이라도 잘생겨 보이고 싶은 마음에서 였다. 역시나 실물보다 잘 나온 듯한 사진이 뿌듯해 비실비실 웃음이 새어나왔다. 자신감이 생기는 듯했다. 결과는 합격이었다.

2차 시험은 카메라 테스트였다. 형이 입던 양복을 입고 머리에 평소 안 바르던 왁스도 발랐다. 근사해 보였다. 하지만 지금 와 돌이켜보면 당시의 내 복장과 머리 스타일은 엉망 중의 엉망이었다. 오죽하면 입사하고 나서 그 머리를 다시 하고 갔을 때 분장 팀에서 다시는 이런 머리를 하지 말라고 할 정도였을까. 그러나 그때는 촌스러움을 따질 만한 안목이 내게는 없었다.

카메라 테스트는 간단했다. A4 용지 한 장에 뉴스와 시사 교양 프로그램 등의 대본이 정리돼 있었는데, 그중 면접관이 읽으라는 원고를 읽으면 됐다. 시험장에는 열 명이 함께 들어갔는데 내가 첫번째 차례였다. 여유 있어 보이고 싶은 마음에 미소를 지었다. 그리고 원고를 우렁차게 읽어내려갔다. 읽는 기술이 없던 내가 구사할 수 있는 유일한 방법이었다. 단순하게 가겠노라 마음먹었다. 크게 읽자. 또박또박 읽자. 연극 공연을 통해 얻은 발성만은 자신이 있던 터였다. 결과는 합격이었다.

　3차 필기시험, 4차 인성 평가에서도 합격은 이어졌다. 뭔가 이상했다. 우주의 기운이 나에게 몰리는 것인가. 그렇다면 우주의 기운을 탈탈 털어 몽땅 빨아들이고 싶었다. 이제 남은 건 5차 심층 면접과 최종 면접뿐이었다.

—
메이크업은
어머니에게 부탁했습니다

5차 심층 면접은 당락이 결정되는 가장 중요한 길목이었다. "친구 따라가서 원서 썼는데 덜컥 붙었지 뭐예요." 이런 드라마 주인공이 되는 게 아닌가, 하는 헛된 망상이 마음속 깊은 곳에 싹텄다. 차분해져야 하리라. 심층 면접을 위해 특단의 준비가 필요했다. 먼저 나의 장점과 단점을 분석했다. 단점은 명확했다. 나는 진행을 못한다. 아나운서를 지원하는 입장에서는 치명적이다. 장점은…… 좀처럼 떠오르지 않았다.

호흡을 가다듬고 나를 뽑을 아나운서국장이 누군지 확인했다. 손석희 아나운서였다. '이분의 마음을 얻어야겠구나.' 손석희 아나운서가 쓴 책을 도서관에서 빌려 읽고 또 읽었다. 예상 질문도 추려봤다. 나를 함정에 빠뜨릴 질문이 명확하게 머릿속에 떠올랐다.

"어떤 방송을 해보고 싶나요?"

보통 이런 종류의 질문에 대한 아나운서 지망생들의 답변은 이렇다.

"〈화제집중〉을 진행해보고 싶습니다."

"스포츠 중계에 도전해보겠습니다."

하지만 나는 이런 답을 할 수 없었다. 답변과 동시에 이어질 말이 분명하기 때문이다.

"진행해보시죠."

진행 요청만은 어떻게 해서든 빠져나가고 싶었다. 이렇게 진행을 두려워하면서 대체 왜 아나운서 시험을 보려는 건가. 스스로도 이해가 안 됐으나 일단 시험이 코앞이었다. 나는 면접관들에게 내 진행 실력을 노출시키고 싶지 않았다. 그래서 짜낸 묘안은 "인터뷰 프로그램을 진행하고 싶습니다"라는 답변이었다. 인터뷰 프로그램은 진행할 게 없지 않은가. 질문만 하면 되니까. 생각이 거기에 미치자 다음 질문이 자연스럽게 예측됐다. "누구를 인터뷰하고 싶은가요?" 대학 시절 흠모했던 故 신영복 선생과 전북대 강준만 교수가 떠올랐다. 고민 끝에 강준만 교수로 결정을 내렸다. 그리고 왜 그를 인터뷰하고 싶은지 답변을 마련했다.

심층 면접은 두 명의 지원자가 함께 들어가는 방식이었다. 다섯 명의 심사위원이 앉아 있던 걸로 기억한다. 심사위원석 가운데에는 예상대로 손석희 아나운서가 앉아 있었다. TV에서만 보던 분을 실제로 보다니 마냥 신기했다.

면접은 가벼운 질문으로 시작됐다. 왜 아나운서가 되고 싶나요. 어떤 아나운서가 되고 싶나요. 그리고 마침내 예상했던 질문이 들어왔다.

"어떤 방송을 하고 싶나요?"

내 옆에 앉았던 지원자는 특정 프로그램 이름을 말했다. 예상대로 "한번 해보시죠"라는 요구를 받았다. 가만히 앉아서 경쟁자를 지켜봤다. 능수능란했다. 당장 아나운서로 방송을 진행해도 무리가 없어 보였다. 남 구경이나 할 때가 아니라는 생각이 퍼뜩 들었다. 정신을 차리고 호흡을 가다듬었다. 내 차례였다.

"자, 이번엔 전종환씨. 어떤 프로그램을 하고 싶나요?"

"예. 저는 인터뷰 프로그램을 진행하고 싶습니다."

잠시 침묵이 흘렀다. 아마도 시켜보기 애매하지 않았을까. 전략이 들어맞고 있었다.

"그렇다면, 누구를 인터뷰하고 싶습니까?"

"대학 시절에 『인물과 사상』을 꾸준히 읽었습니다. 언론 개혁 운동 등을 통해 강준만 교수가 우리 사회를 바꾸는 데 큰 기여를 했다고 생각하고요. 강준만 교수를 인터뷰하고 싶습니다."

흐름이 좋았다. 그때 예상치 못한 질문이 날아왔다.

"강준만 교수가 앞에 있다고 생각하고 질문해보시죠. 질문은 세 개입니다."

급소를 찔렸다. 거기까지는 미처 준비하지 못했다. 머릿속이 꼬이기 시작했다. 급한 대로 안티 조선일보와 대북 송금 문제를 질문하겠다고 답했다. 문제는 세번째 질문이었다. 마땅한 질문이 떠오르지 않아 엉망인 답변이 내 입에서 새나갔다.

면접장 기류가 미묘하게 바뀌었다. 갸우뚱하는 심사위원들이 눈에 띄었다. 곧이어 질문이 다른 지망생에게로 넘어갔다.

"메이크업을 하셨군요. 어디서 했나요?"

질문을 받은 지망생이 답했다.

"아침에 강남에 있는 미용실에 들러서 메이크업을 받았습니다."

"왜 굳이 강남까지 가서 했죠?"

"시청자에게 최고의 모습을 보이는 게 아나운서의 도리라고 생각했기 때문입니다."

그다음은 내 차례였다.

"옆에 전종환씨도 메이크업을 했나요?"

"예. 저도 메이크업을 했습니다."

"어디서 했죠?"

"평소에 다니는 마땅한 미용실이 없어서 아침에 어머니에게 부탁했습니다."

MBC 최초의
재학생 아나운서가 되다

최종 면접에 올라온 남자 아나운서 지원자는 모두 여섯이었다. 그 중 두 명만이 최종 합격이 될 거라는 소문이 돌았다. 이는 나머지 넷은 떨어진다는 말이었고, 내가 그 넷 가운데 하나일 가능성은 다분히 큰 듯했다.

팽팽한 긴장감이 감돌던 대기실. 숨소리조차 내기 어려운 분위기를 뚫고 누군가의 목소리가 들렸다.

"이야…… 이거, 이거, 올해도 잘생긴 분들이 많네."

누구지? 인사부 직원인가?

"내가 말이야, 작년에도 최종에 왔었거든. 올해 또 왔네, 또 왔어."

장차 우리나라 대표 MC 중 한 명으로 성장하게 될 전현무씨였다.

최종 면접을 앞두고도 농담을 던질 만큼 그는 여유 있었고 자신만 만했다. 무척 잘생긴 사람도 눈에 띄었다. 훗날 훈남 아나운서로 유명해진 내 동기 오상진씨였다. 나 빼고는 모두가 현직 아나운서라 해도 믿을 만큼 멋져 보였다.

내가 해낼 수 있을까? 아 모르겠다. 그래도 맨몸으로 여기까지 오지 않았는가. 부딪쳐보자. 다부진 마음으로 최종 면접에 임했다. 질문은 간단했고 답변 역시 무난했다. 그렇게 내 생애 첫 언론사 도전은 마무리됐다. 석 달에 걸친 긴 여정이었다. 그날 밤 오랜만에 깊은 잠을 청할 수 있었다.

일주일 뒤 휴대전화에 낯선 번호가 찍혔다. 최종 합격이었다. 며칠 뒤에는 한 언론사 기자에게서 전화가 왔다. MBC 최초의 재학생 아나운서가 된 소감을 물었다. 들뜨지 않았다고 하면 거짓말일 거다.

훗날 손석희 아나운서는 내 입사 이유에 대해 이렇게 말했다.
"넌 어머니 메이크업 때문에 합격한 거야, 인마. 감사히 여겨."

넌 20등 하고도 잘 자잖아

처음 아나운서가 됐을 때부터 나는 내 재능을 믿지 못했다. 그래서였을까? 어떤 선배라도 붙잡고 묻고 싶은 마음뿐이었다.

"대체 저는 왜 아나운서가 됐을까요?"

누군가 친절하게 답해줬다면 아마 집요하게 더 물었을 거다.

"저한테 좋은 아나운서가 될 재능이 있을까요?"

어디 이뿐일까.

"아나운서로 좀더 잘하려면 어찌해야 하죠?"

묻고 싶은 건 차고도 넘쳤으나 이상한 신입 사원이 들어왔다는 소문이 날까 두려워 나는 차마 용기를 내지 못했다.

사실 이런 궁금증은 어릴 적부터 늘 갖고 있었다. 중학생 때는 곧

닥칠 고등학교 생활이, 고등학생 때는 대학과 사회생활이 미리부터 궁금하곤 했다. 이 궁금함의 핵심은 늘 한 가지였다. '과연 내가 잘할 수 있을까?' 내 이런 질문은 언제나 형에게로 향했다. 형은 항상 모범적이었고 학교 성적 역시 나와 비교할 수 없을 정도로 우수했다. 형의 그늘에 가려 어려서부터 나는 스스로를 쌀알만큼이나 작게 여겼다. 어떻게든 따라잡고 싶었지만 형은 늘 저 멀리에 있었다. 학교에서도 나는 종환이라는 내 이름으로가 아닌 동환이 동생으로 유명했다.

대학원 진학을 위해 곧 미국으로 떠날 형과 대학생이던 내가 함께한 유럽 여행에서였다. 로마의 어느 성당 종탑으로 올라가는 길에 나는 미래에 대한 불안감을 고민이랍시고 형에게 털어놓았다. 내 얘길 다 듣고 난 형이 입을 뗐다.

"내가 보기엔 말이야……"

"응."

"너의 기본기가 그렇게 떨어져 보이진 않아."

"그렇지?"

"응. 대화해보면 그렇게 무식한 느낌도 아니야."

약간의 안도가 몰려왔다.

"근데 결과는 왜 이 모양일까? 분명히 맥락을 다 이해했다 싶은데 점수는 잘 안 나와."

"왜 그런 것 같아?"

"나도 너무 이상해서 교수한테 항의를 했어. 발표 때 그렇게 칭찬을 해주시더니 이 점수가 대체 뭐냐고."

"그랬더니?"

"객관식 시험 성적을 알려주더라고. 근데 나 외우는 거 싫어하잖아."

형은 한심하다는 듯 한숨 섞인 말투로 나를 불렀다.

"야."

"응."

"헛소리 말고."

"응?"

"이제 너 스스로 너를 한번 증명해봐야 할 때가 온 것 같아."

"그게 무슨 소리야?"

"사람이 말이야, 한번 뭔가를 이뤄내면 그 힘을 발판으로 쭉 계속 잘하게 되는, 뭐 그런 게 있거든."

"응."

"문제는 네가 아직 스스로가 자랑스러워할 만한 어떤 성과를 경험해본 적이 없어서인 것 같아."

"아닌데, 있는데."

"뭔데?"

"런던에 있을 때 스타벅스에 알바로 취직한 거 엄청 자랑스러웠거든."

"그런 거 말고, 인마."

"하긴 그렇지. 초등학교 이후로 인생이 줄곧 어두웠지."

"그건 네가 재능이나 실력에 비해 자신감이 없고 자존감이 모자라서 그래."

"그런가?"

"나는 말이야, 1등 하다가 2등 하잖아? 그럼 잠이 안 와. 열받아서."

"잘 알고 있지. 형은 장기를 둬도 이길 때까지 두잖아."

"응. 넌 20등 하고도 잘 자잖아."

"그렇지."

"그게 네가 독하지 않은 것도 있지만 너무 일찌감치 실패와 포기에 익숙해져서 그런 것도 같아."

"음."

"딱 한 번, 단 한 번 그 성취감을 느끼고 나면 사람이 욕심도 좀 생기고 목표도 좀 단단해지고 그러거든? 잔말 말고 언론사 시험 그거 죽을힘을 다해 한번 매달려봐. 네 자신을 네 맘에 들게끔 한번 증명해봐."

"증명하면 뭐가 달라지나?"

"네가 너를 진짜로 믿게 될 거야."

믿음? 증명? 이 알쏭달쏭한 말을 남긴 채 형은 예정대로 미국으로 떠났다. 그리고 몇 년 뒤에는 석사, 또 몇 년 뒤에는 박사 학위를 따내더니 구글 본사에 덜컥 취직도 했다. 형이 말한, 형에 대한 그 증명은 이제 끝이 난 건가? 아니었다. 형은 몇 년간 회사를 다니더니 사표를 냈다. 그러고는 벤처 사업에 뛰어들어 한국과 미국을 오가며 정신없이 일하고 있다. 피곤하지 않을까? 지치지 않을까? 이렇게 평생 스스로를 걸고 스스로를 증명해 보이는 삶을 행복하다 여길까? 형은 나의 이런 물음표를 받아줄 시간조차 아깝다는 듯 하루하루에 열심이다. 나라면 소소한 즐거움을 찾고 주어진 일상에 만족하며 편안함에 안주할 텐데. 그럼에도 스멀스멀 내 나태함에 대한 불안감이 엄습할 때면 형과 로마에서 나누었던 대화가 절로 떠오르곤 한다. 특히나 내 자신감과 자존감이 바닥을 치는 순간마다 스스로에 대한 답답함으로 이러저러한 질문들이 솟구칠 때마다 형의 목소리가 날 일으키는 것도 같다.

　"너를 증명해봐. 그럼 믿음이 생길 거야."

—
나는 회사 6층
화장실 변기 칸에 앉아 있었다

거친 회사생활이 시작됐다. 회사가 거칠다기보다는 내 마음이 거칠다는 게 더 정확한 표현일 것이다. 가장 큰 문제는 발음이었다. 과거 대학 연극 무대에 섰을 때 내 발음에는 별문제가 없었다. 발성이 나쁘지는 않았기 때문에 입을 크게 벌리고 소리를 내면 그럭저럭 괜찮은 발음이 만들어졌다. 방송은 달랐다. 아나운서의 목소리가 마이크로 증폭돼 전달되기 때문에 작지만 명료한 소리가 필요한데 내게는 그런 종류의 기술이 없었다. 나는 훈련받지 않았다. 그렇다고 연극 무대에서처럼 소리를 지르며 방송하는 모습은 상상할 수 없었고 상상하고 싶지도 않았다.

한번은 라디오국에서 신입 아나운서들의 목소리를 들어보고 싶다는 연락이 왔다. 괜찮은 목소리를 가진 신입 아나운서가 있다면 적극적으로 써보고 싶다는 뜻도 함께 전달됐다. 나를 포함한 수습 아나운서 네 명이 쪼르르 라디오 스튜디오로 이동했다. 라디오 PD가 종이를 나눠주며 무미건조한 목소리로 말했다.

"시간을 줄 테니 미리 읽어봐요. 준비되는 사람부터 녹음할게요."

'MBC 라디오가 정오를 알려드립니다.' 종이에는 간단한 문장이 적혀 있었다.

'그래 이 정도는 할 수 있겠다.'

나는 잘해보고 싶어 나름의 전략을 세웠다.

'나는 발음에 약하니까 연극 무대에서처럼 크고 뚜렷하게 소리를 내보자.'

내 차례였다. 좁디좁은 라디오 스튜디오가 마치 광활한 연극 무대인 양 나는 최선을 다해 목소리를 냈다.

"MBC! 라디오가! 정오를! 알려드립니다!"

순간 PD가 쓰고 있던 헤드폰을 집어던졌다. 그리고 목소리를 높였다.

"아니, 그렇게 크게 읽으면 어떡해! 지금 뭐 하자는 거야!"

진심으로 분노하는 라디오 PD의 모습에 나는 기가 죽고 말았다.

"죄송합니다. 죄송합니다."

나는 차마 고개를 들지 못했다.

발음이 문제였다지만 문제는 발음에서 끝나지 않았다. 카메라 앞에서 자연스럽게 말을 전달하기 위해서는 여러 능력이 동시에 필요했다. 정확한 발음 구사는 기본이고 과하지 않게 지어야 하는 표정은 항시 밝아야 했으며 머릿속으로는 다음에 할 말을 쉬지 않고 고민해야 했다. 이 모든 기본기를 동시에 수행하지 못하면 어딘가 어색해지기 마련인데 일단 발음부터 꼬이니 다른 부분들은 볼 것도 없이 모두 엉망이었다. 표정은 비 맞은 강아지처럼 우울했고 발음에만 온 신경이 모아져 내가 무슨 말을 하는지도 모른 채 내뱉게 된 말들이 사방으로 튀어나갔다. 화면에 비친 내 모습은 정말이지 끔찍했다. 이런 내 처지를 아는지 모르는지 예정된 방송 투입 시기는 하루하루 다가오고 있었다.

하루는 담당 부장님이 업무 지시를 내렸다.

"전종환씨. 라디오 스튜디오로 가서 사내 방송 녹음 좀 해줘요."

"네? 사내 방송이요? 그게 뭐죠?"

"회사 안내 방송이야. 가서 그냥 읽어주면 돼."

"네, 알겠습니다."

내가 가장 힘들어하는 업무가 '그냥' 읽는 일인데 부장님의 지시는 더없이 일상적이었다. 몇 번의 NG 끝에 간신히 녹음을 마쳤다. 나는 또다시 소리를 질렀고 이번에도 내 읽기 실력은 함량 미달이었다. 녹음을 진행한 편성 PD의 표정도 개운치 않았다. 녹음을 마치고 사무실로 돌아왔는데 그때부터 마음이 조마조마했다. 형편없는 읽기 실력을 아나운서 선후배들에게 그리고 회사 모든 이들에게 들킨다고 생각하니 식은땀이 흘러내렸다.

딩동댕동. 사내 방송을 알리는 소리가 울렸다. 동시에 나는 아나운서국 자리에서 조용히 일어났다. 자리를 떠 내가 향한 곳은 화장실 변기 칸이었다. 나는 태연하게 사무실에 앉아 내 목소리를 듣고 있을 자신이 없었다. 나는 그렇게 회사 6층 화장실 변기 칸에 오래도록 앉아 있었다.

—
좋다,
회사 안 가서

　신입 아나운서들의 방송 투입이 채 한 달도 남지 않았을 때 전사적으로 신입들에 대한 기대가 크다는 말이 들려왔다. 동기들은 어떤 방송에 투입될지 기대에 부풀어 있었다. 나는 달랐다. 하루하루 선배들에게 내 밑천을 드러내는 게 끔찍하기만 했다.

　그러던 어느 날 아침 갑자기 속이 뒤집어지기 시작했다. 쉴새없이 화장실 변기로 달려가야 했다. 연신 녹색 액즙이 속에서 올라왔다. 토를 하고 나서도 고열과 어지럼증은 계속됐다.
　'뭘 잘못 먹었나. 왜 이러지.'
　회사에 사정을 얘기하고 동네 병원을 찾았다. 위내시경을 하고 나서 의사는 내게 역류성 식도염이 있으니 약을 먹고 휴식을 취하라

했다. 나중에야 알았지만, 오진이었다. 문제가 생긴 건 맹장이었다. 일단 의사의 말을 믿고 집에 돌아왔지만 고통은 멈추질 않았다. 결국 담임선생님이던 김범도 아나운서에게 전화를 걸었다.

"선배님, 몸이 너무 아픕니다. 내일 회사에 못 갈 것 같습니다. 괜찮을까요?"

"많이 아프니? 너무 아픈 게 아니라면 웬만하면 회사에 나와."

"그래야 할까요?"

"응. 자칫 잘못하면 허약한 놈으로 인상이 굳어질 수 있어. 그럼 안 좋잖아."

"……"

"알았지?"

"예. 알겠습니다."

다음날, 아픈 몸을 끌고 억지로 출근했다. 지금 당장 쓰러진다 해도 이상할 게 없을 몸이었다. 결국 고통을 참지 못하고 나는 다시 집으로 돌아왔다. 온몸이 떨리고 식은땀이 비 오듯 쏟아졌다. 반복해 토를 했다. 고통은 극한으로 치달았다.

결국 그날 밤 구급차를 불렀고 나는 응급실로 실려갔다. 각종 검사를 받는 동안 고통은 괴성이 돼 입 밖으로 새어나왔다. 제대로 누워 있기조차 어려울 만큼 내 몸은 엉망이었다. 그렇게 몇 시간이 흘렀을까. 살아 있는 건가, 죽은 건가. 혼미한 정신을 뚫고 의사의 말이 들렸다.

"당장 수술해야 합니다."

수술? 그러면…… 회사를 안 갈 이유가 생기는구나. 난 수술을 할 거니까. 꿈인가. 좋다, 회사 안 가서. 고통은 두번째였고 회사를 안 간다는 안도감에 행복이 몰려왔다. 그만큼 입사 초기 나에게 회사는 지옥이었다.

—
죄송한데,
저는 아직 준비가 안 됐습니다

20여 일 만에 출근을 했다. 수술 후유증으로 5킬로그램이나 줄어들어 그러잖아도 좁은 어깨가 더욱더 볼품없어져 있었다. 병명은 복막염을 동반한 급성충수염이었다. 염증이 장기 전체로 퍼졌다고 했다. 정신을 차린 나에게 의사는 이렇게 말했다.

"전종환씨, 제정신이에요? 죽을 뻔했다고요."

평생 교육만 받고 싶던 내 바람과는 달리 방송 데뷔는 예정대로 진행됐다. 나는 새벽 TV 뉴스와 〈TV 속의 TV〉, 아침 정보 프로그램 리포터로 투입될 예정이었다. 가장 큰 문제는 뉴스였다. 읽는 것도 안 되는 내가 과연 카메라를 보고 뉴스 진행을 할 수 있을까. 안 될 일이었다. 다행히도 선배들은 냉정했다. 뉴스 최종 리허설을 지켜본 선배들은 나의 새벽 5시 뉴스 투입을 취소시켰다. 지금 내보내면 다친다는 게 이유였다. 이 허약한 전력을 타부서에 노출시킬 수 없다는 판단이었을 거다.

　아나운서의 기본 업무는 라디오 뉴스다. 아나운서들은 정시마다 돌아가며 라디오 뉴스를 진행한다. 신입 아나운서들 역시 교육을 마치면 곧장 라디오 뉴스에 투입된다. 그러던 어느 날, 뉴스 담당 부장이 급하게 내 자리로 와서 말했다.

　"종환씨, 지금 다른 선배가 일이 생겨서 10시 뉴스에 구멍이 났어요. 아직 정식으로 투입되지는 않았지만 종환씨가 뉴스를 처리해줬으면 좋겠어요."

　돌아서는 부장을 급하게 잡았다.

　"부장님, 잠시만요."

　"왜, 종환씨?"

　"저…… 죄송한데, 저는 아직 준비가 안 됐습니다."

　부장은 아나운서 생활 20년 동안 이런 말을 들어본 적이 있을까. 아나운서가 라디오 뉴스 준비가 안 됐다니. 어리둥절한 표정으로 부장이 물었다.

　"……준비가 안 됐다고요?"

"예. 죄송합니다. 최대한 빠른 시간 안에 라디오 뉴스를 진행할 준비를 마치겠습니다."

"아……"

"……"

"일단 알았어요."

어이없는 표정으로 돌아서며 부장이 중얼거렸다.

"쟤를 어떡하니……"

예정대로 투입된 〈TV 속의 TV〉에서 나는 시청자들 의견을 전달하는 코너를 맡았다. 일단 외울 양이 많았다. 진행에 자신 없던 나는 외우고 또 외웠다. 하지만 암기 영역과 진행 영역은 엄연히 달랐다. 엉키는 발음과 불안한 시선으로 나는 끝없이 NG를 반복했다. 녹화 시간 절반 이상이 내 코너에 할애됐다. 처음에는 괜찮다고, 편히 하라고 위로해주던 스태프들도 어느 순간부터 냉랭해졌다. 차가운 기류를 감지한 나는 더욱 작아졌고, 녹화 전날이면 잠이 오지 않았다. 모두 나만 바라보고 있는 듯한 시선을 견디기가 힘들었다.

하루는 녹화에 참여한 입사 동기 카메라 감독이 조용히 나를 찾아와 이렇게 말하는 것이었다.

"야, 종환아. 근데 부조에서 네 욕 진짜 많이 해."

"그래?"

"응. 내 토크백으로 욕하는 거 다 들리거든. 내가 화날 정도야."

"뭐라는데?"

"장난 아니야. 네가 좀 못한다 해도 이건 너무한 거 아니냐."

자존심이 상했지만 씩 웃고 말았다. 괜찮다고, 걱정 말라고. 물론 당시 내 실력을 감안할 때 PD가 뒤에서 욕할 거라고 짐작은 하고 있었다. 나라도 충분히 그랬을 것 같았으니까. 하지만 진행하는 나만 모른 채 다들 그 분위기를 공유한다 생각하니 비참했다. 나는 더욱 움츠러들수 밖에 없었다.

훗날 아내가 된 문지애 아나운서와 이런 대화를 나눈 적이 있다.

"오빠 신입 아나운서 때 정말 대단했어."

"뭐가?"

"보는 사람을 불안하게 만드는 힘이 있더라고."

"그래?"

"응. 방송 진행을 전혀 모르는 우리 엄마도 걱정했어. 저 아나운서 어떡하니. 불안해서 볼 수가 없네. 근데 내가 왜 저 사람 걱정을 하고 있지?"

—

아나운서를 하면
마음공부 많이 하게 된다

입사 첫해 여름, 나는 〈불만제로〉라는 프로그램에 리포터로 합류했다. 국내 최초 소비자 고발 프로그램이었던 〈불만제로〉는 주유소에서 우리가 지불한 만큼 휘발유를 넣어주는지, 고깃집에서 메뉴판에 적힌 양만큼 정직하게 고기를 내어주는지 등을 추적하고 고발했다. 〈PD수첩〉이 거대 담론을 다뤘다면, 〈불만제로〉는 시민들의 이익을 대변한 것이다. 그곳에서 나는 제로맨이었다. PD 선배들과 함께 전국을 돌아다니며 문제가 있는 업체의 사장을 만나 인터뷰하는 것이 내 임무였다. 리딩과 진행에 서툰 내 단점이 부각되지 않아 좋았고, 궁극적으로 시사 교양 프로그램 MC가 되고 싶었던 내게 딱 알맞은 자리라 생각됐다. 현장의 경험이 앞으로의 아나운서 생활에 큰 도움이 될 것이라 믿었다. 그렇게 6개월을 〈불만제로) 에 빠져 살았다.

그러던 어느 날, 조만간 MC가 바뀔 거란 소문이 돌았다. 당시 진행자가 프리랜서 선언을 해 회사를 나갈 예정이라고 했다. 가슴이 두근거렸다.

'이제 MC가 돼 진행을 해보는 건가?'

그러다가도 이내 현실로 돌아왔다.

'에이, 내 주제에 무슨. 내 실력을 내가 아는데.'

두 가지 상반된 마음이 매일같이 교차했다. MC 교체 소문을 들은 뒤로는 시간이 더디게 흘렀다. 며칠 뒤 프로그램 총괄 책임 프로듀서에게 연락이 왔다.

"전종환씨. 잠깐 보고 싶은데 사무실로 올라올 수 있나요?"

다시 가슴이 콩닥거렸다.

'MC 제안인가!'

당시 동기 오상진 아나운서가 훈남 열풍을 일으키며 빠른 속도로 MC급으로 성장하고 있었기 때문에 마음 한구석에는 나도 진행하는 프로그램이 있었으면 하는 욕심이 있었다.

"예. 올라가겠습니다."

복잡한 표정을 짓고 있던 PD가 어렵게 입을 열었다.

"전종환씨. 그동안 고생 많았어."

"아닙니다. 일이 재미있습니다."

"새 MC 말이야."

"……"

마른침이 목구멍을 타고 넘어가는 소리가 내 귀에 크게 울렸다.

"상진씨를 쓰기로 했어."

"아…… 예."

"입사 동기인데 종환씨가 리포터 역할을 하기는 좀 그렇잖아."

"그렇죠……"

"후배인 허일후씨를 새로 투입할 생각이야. 그동안 고생 많았어. 그리고 미안해."

짧은 대화였다. 쫓기듯 사무실을 나와 목욕탕으로 향했다. 무너진 마음이 얼굴에 드러나 사람들을 불편하게 하고 싶지 않았다. 상진이 얼굴도 봐야 할 텐데 도무지 표정 관리가 안 될 것만 같았다. 뜨거운 물에 몸을 담그고 곰곰이 생각했다.

'그래 욕심이었어. 내 주제에 무슨 MC냐.'

그러자 마음 반대편에서 거센 반론이 고개를 들었다.

'그래도 너무한 거 아냐? 고생한 게 얼만데.'

다시 정신을 차려보았다.

'아냐, 아냐. 주제 파악을 하자.'

'그래도, 너무해!'

몸을 더 깊이 담그며 마음을 정리했다.

괜찮다.

괜찮다.

……

괜찮아야 한다.

상진이를 진심으로 축하해줄 만큼 마음이 정리돼 사무실로 돌아왔다. 상진이가 복잡한 표정으로 나에게 왔다.

"종환아, 얘기 들었냐? 아이씨. 어떻게 하냐 그걸 내가 하게 돼서."

전형적인 경상도 남자라 감정 표현이 서툰데도 이렇게 말해주는 상진이가 고마웠다. 나는 아무렇지 않은 듯 씩 웃으며 답했다.

"고생 안 하고 좋지 뭐. 괜찮아. 신경쓰지 마. 이왕 맡은 거 잘해라."

표정을 감춘다고 했지만 아마 상진이 눈에도 내 서운한 마음은 보였을 거다.

"아나운서를 하면 마음공부 많이 하게 된다."

한 고참 아나운서 선배가 해줬던 말을 그제야 조금 알아먹을 것도 같았다.

—

임경진 아카데미

〈불만제로〉에서 하차한 뒤 〈우리말 나들이〉 팀에 합류했다. 〈우리말 나들이〉는 아나운서국에서 진행과 제작을 모두 맡은 프로그램으로 담당 PD는 임경진 아나운서, 진행자는 나였다. 본인을 적당히 낮춰가며 사람들을 편안하게 해주는 임경진 선배의 출중한 유머 감각이 나는 좋았다. 어설픈 내 진행을 처음으로 가까이에서 지켜본 선배는 내게 가감 없이 말해줬다.

"종환아, 어쩜 그렇게 말을 못하냐. 이래가지고 아나운서 하겠어? 다시 해봐!"

NG 전문가였던 나는 서너 줄 대본조차 제대로 소화하지 못했다. 다섯 번은 기본이고 심할 때는 열 번 이상 NG를 냈다. 그럼에도 선배는 후배를 기다려줬다. 얼굴 위주 방송인이라며 나를 놀리긴 했지만. 선배와 함께하는 시간이 늘어갈수록 방송을 대하는 마음이 조금씩 편해졌다. 그곳은 과연 임경진 아카데미라고 부를 만했다.

임경진 선배는 스포츠 캐스터 전문 아나운서다. 스포츠 방송을 위해 다른 방송을 기꺼이 거절할 정도로 애정이 깊었다. 나한테도 늘 "아나운서는 스포츠 한 종목은 해야 한다"며 지방 중계가 있을 때마다 데려가곤 했다. 보고 배우라는 배려였다. 내가 처음으로 스포츠 중계방송을 하게 됐을 때, 선배는 자신의 일인 양 도와줬다. 편집실로 따로 불러 과거 양궁 중계를 보여주며 기술을 전수해주기도 했다.

"네가 방송을 못하니까 일단 많이 보기라도 해야 한다. 이게 생각하고 말하면 이미 늦어. 입에서 그냥 나와야 하는데 그게 다 정확해야 해."

선배는 본인의 일처럼 나를 챙겼다. 엉망이었던 내 첫 스포츠 중계가 끝나자마자 전화를 걸어온 이도 선배였다.

"어! 얼굴 위주 방송인. 좋았어. 그 정도면 잘했어. 수고했다."

삶의 태도에 있어서도 많은 가르침을 받았다. 도무지 가기 싫은 술자리가 있는데 어떻게 하면 좋겠느냐고 묻자 선배는 이렇게 답했다.

"얼굴 위주 방송인, 이걸 명심해야 해. 몸 편한 거보다 마음 편한 게 나은 거야."

톡 던진 선배의 한마디는 내 사회생활의 잣대가 됐다. 어디 임경진 선배뿐일까. 처음에는 어렵게만 느껴지던 아나운서 선배들이 어느 순간 누구보다 가까운 형, 누나가 돼갔다. 철부지 대학생은 좋은 선배들 속에서 조금씩 어른으로 커나갔다. 아쉽게도 몇 년 후 임경진 선배는 개인적인 사정으로 회사를 떠났다. 지금도 가끔 만나곤 하는데 내게 하는 말은 한결같다.

"넌 진행이 안 돼, 인마."

선배의 여전한 갈굼이 그렇게 정겨울 수가 없다.

—

내가 예능을 할 수 있을까

내가 입사한 2005년은 아나테이너 열풍이 막 시작될 무렵이었다. 아나테이너는 아나운서와 엔터테이너를 결합한 말로, 각 방송사들은 적극적으로 예능 프로그램에 아나운서를 투입해 스타를 만들어내려 애썼다. MBC의 경우 손석희 국장 시절만 해도 아나운서의 품위 유지를 위해 예능 프로그램 출연을 일정 부분 제한했다. 하지만 2006년부터는 아나테이너 열풍의 선두에서 예능 전문 아나운서를 육성하기 시작했다. 모든 아나운서가 이 흐름에서 자유로울 수 없었고, 나 역시 예외는 아니었다.

그러던 어느 날, 제작 프로그램 담당 부장에게 연락이 왔다.

"전종환씨, 〈섹션TV 연예통신〉 해보는 게 어때?"

"〈섹션〉이요? 아, 저는 예능 프로그램은 마음에도 없고 무엇보다 안 어울릴 것 같습니다."

"그러지 말고 열심히 해봐. 다 전종환씨 위해서 하는 말이야."

"아닙니다. 저랑 어울리지 않을 것 같아요."

"그러지 말고 하도록 해. 하는 거야. 알았지?"

2년 차 아나운서에게 프로그램을 선택할 권리는 크지 않았다. 결국 나는 〈섹션TV 연예통신〉 리포터로 합류했다. 지금은 사라졌지만 당시에는 인기 프로그램이었다. 그 프로그램에서 "붐이에요"라는 유행어 한마디로 무명의 리포터가 스타가 됐다. 부장은 나에게 그 붐이라는 방송인을 잘 참고해보라 했다. 나는 그의 방송을 보고 또 보았다. 보다보니 한숨이 더 잦게 터져나왔다.

'내가 예능을 할 수 있을까.'

고민과 시름은 나날이 깊어갔다.

—
저들이랑 친해져야 해,
이건 명령이야

나는 내성적이다. 낯을 많이 가려서 누군가와 가까워지려면 남들보다 많은 시간이 필요하다. 거칠게 나누자면 양보다는 음의 기운에 가깝다. 저음인 내 목소리는 또 어떤가. 어떤 재미있는 얘기를 해도 내가 말하면 재미가 없다. 입사 당시 내 별명은 '전진지'였다. 늘 쓸데없이 진지하다는 이유에서였다. 방송 능력마저 신통치 않았으니 내 진지병은 더 깊어질 수밖에 없었다. 그런 내가 예능 프로그램에 투입된 것이다.

〈섹션TV 연예통신〉은 밤 11시 생방송이었는데 밤 9시면 MC와 리포터들이 하나둘 모여 친분을 쌓으며 방송 준비를 했다. 모름지기 개인적인 친분이 있어야 방송에서도 자연스러운 법이다. 서로의 특성을 잘 파악하고 있을 때 그에 맞는 애드리브가 나올 수 있기 때문이다. 누구 라인이니 하며 친한 무리가 생기고 그들의 호흡이 맞아들어갈 때 프로그램이 힘을 받는 것이다.

방송 첫날, 나는 쭈뼛쭈뼛 대기실을 찾아가 인사를 했다.

"안녕하세요. 이번에 새로 합류한 아나운서 전종환입니다."

MC 김용만씨부터 막내 붐씨까지 기꺼이 나를 환영해줬다. 한자리에서 이렇게 많은 연예인을 본다는 게 신기했다. 하지만 인사를 마친 나는 더이상 할말이 없었다. 김용만씨나 이윤석씨에게 먼저 다가가 '형님'이라 부르며 이런저런 얘기를 나누고, 붐씨에게 술 한잔 사겠다며 약속을 잡고…… 해야 했지만 나는 그러질 못했다. 그들에게도 나는 낯을 심하게 가렸다.

점차 대기실에 들어가는 게 두려웠다. 텅 빈 아나운서국에서 머무르다 생방송이 시작되기 직전에야 스튜디오로 향했다. 혼자 있는 게 행복했고 편했다. 호의를 베풀며 친절하게 대해주던 연예인 형, 동생이 보기에 나는 참 이상한 아이였을 거다.

'쟤는 싫으면 하질 말지 왜 여길 와 있지. 이거 하고 싶어하는 사람이 얼마나 많은데.'

이런 생각을 했을 것으로 짐작된다. 보다 못해 담당 PD가 나를 불러 혼냈다.

"야! 종환아. 너 저들이랑 친해져야 해, 이건 명령이야."

"예."

"무조건 9시부터 대기실에서 어울려. 끝나고 술도 한잔하고."

"예. 알겠습니다."

하지만 다음주에도 나는 대기실에 들어가지 못했다. 끝내 나는 불편했다. 안 되는 걸 어쩌란 말인가. 〈섹션TV 연예통신〉에서 나는 늘 이방인이었다.

몇 년 뒤 나는 〈일요일 일요일 밤에〉의 '노다지'라는 코너에 MC로 투입됐다. 전국의 문화재를 찾아다니는 프로그램이었다. 김제동, 조혜련, 신정환씨 등 예능인들이 대거 투입됐는데 여기서도 나는 섬이었다. 모두 나에게 잘해주었지만 도무지 어울려지지가 않았다. 어색함을 참지 못해 같이 탄 버스에서 일부러 자는 시늉까지 했다. 무슨 말을 해야 할지 도통 알 수 없었다. 경험이 몇 년 쌓였지만 예능은 여전히 나와 안 맞았다. 다들 몰입해서 즐기고 있는데 나만 먼 산 바라보듯 멍하니 서 있다는 지적을 자주 받았다. 내가 봐도 최악이었다. 녹화 전날이면 스트레스에 잠을 못 이뤘다.

3개월 뒤 시청률이 안 나와 프로그램이 없어진다는 소문이 돌았다. 그게 내 마지막 예능 프로그램이었다.

—

시간에 공짜는 없다

입사 3년이 지나면서 나는 서서히 방송에 적응해갔다. 자연스러운 것이 가장 좋은 방송이란 걸 그제야 서서히 깨달아갔다. 그를 위해서는 발성과 발음은 물론이고 적절한 강조, 리듬감, 전략적인 호흡이 병행돼야 한다는 것 역시 알게 됐다.

특히 심야 라디오 DJ를 맡게 되면서 어설프기만 했던 내 방송 진행 실력이 조금씩 나아져갔다. 하루 두 시간씩 의무적으로 말을 해야만 했고, 긴 원고를 계속 소화하다보니 정확한 발음을 내는 데 익숙해져갔다. 새벽 시간 라디오를 진행한다는 것도 좋았다. 라디오를 마치고 집에 가는 길이면 크게 위로받은 느낌이 들곤 했다. 아나운서가 돼 행복한 시절이었다.

진행하는 방송도 점차 늘어갔다. 〈스포츠 매거진〉 MC로 오랫동안 진행을 했고, 그 경험을 바탕으로 광저우 아시안 게임 메인 MC로도 발탁됐다. 주말 아침 종합 뉴스의 앵커로도 일했다. 특정 분야 전문가도, 스타 아나운서도 아니었지만 일은 점차 즐거워졌다. 여전히 갈 길은 멀었지만 방송이 느는 게 느껴져 마냥 신기하고 좋았다.

훗날 오승훈 아나운서가 이런 말을 했다.

"제가 선배 방송을 좋아해서 예전 걸 찾아봤다가 정말 놀랐어요."

"왜?"

"저보다 방송 못하는 사람을 처음 봤거든요. 헤헤. 정말 못하더라고요."

"흐흐. 그러냐?"

"근데 한 3년쯤 지나서였나. 갑자기 선배 방송이 좋아지는 게 눈에 보이더라고요. 신기했어요."

—
나는 아나운서 학원을
다니지 않았다

나는 왜 이렇게 서툴렀을까? 이유는 간단하다. 아나운서 학원을 다니지 않았기 때문이다. 2000년대 초부터 아나운서 학원은 시험에 합격하기 위한 필수 관문으로 자리잡았다. 불안한 지망생들은 몇 개의 학원을 동시에 다니기도 했고, 그러다 합격이 되면 여러 학원에서 서로 자기네 출신이라 다투는 볼썽사나운 모습도 연출되곤 했다.

막 합격이 됐을 때만 해도 나는 아나운서 학원 출신이 아니라는 게 자랑스러웠다. 좀 특별해 보였으니까. 마치 이름 없는 자객이 무림의 고수들을 물리치고 꼭대기에 선 느낌이었으니까. 건방이 하늘을 찔렀다. 하지만 그 건방이 크나큰 착각이었다는 걸 깨닫는 데는 하루면 충분했다. 아직도 신입 아나운서 네 명이 처음으로 한자리에 모여 뉴스 교육을 받던 순간을 잊지 못한다. 실력이 부끄러워 차마 입을 뗄 수 없었다. 도저히 따라잡을 수 없는 간극 앞에 나는 매일 절망했다.

　그래서 나는 "아나운서 학원을 꼭 다녀야 하나요?"라는 질문에 "다니는 게 좋아요"라고 조언한다. 아무런 준비가 되어 있지 않아서 겪을 수밖에 없었던 고통을 아나운서를 꿈꾸는 이들에게 권하고 싶지 않기 때문이다. 현실적으로 학원을 다니지 않는 이상 아나운서에게 필요한 발성, 발음, 진행 등의 기본기를 배울 방법이 없다는 것도 학원을 추천하는 이유다.

　다만 현명하게 학원을 이용했으면 좋겠다. 학원에서 만나는 다양한 선생님들은 백이면 백, 해주는 조언이 다르다. 어떤 선생님은 어미를 올리라 하고 어떤 선생님은 내리라 한다. 도통 뭐가 맞는 방법인지 알지 못하는 채로 이리 끌려가고 저리 끌려가다보면 실력은 늘지 않고 늘어나는 학원비에 등골이 휜다. 이 학원 저 학원 기웃거리며 좋은 선생님을 찾아 헤매기보다는 한곳에서 꾸준히 수업을 듣는게 낫다는 이야기다. 산 정상은 하나지만 정상까지 올라가는 길은 여러 갈래인 법이다. 꾸준히 가다보면 어느 순간 꽤 높이 올랐다는 걸 깨닫게 될 거다.

　또 한 가지 짧은 시간 안에 눈에 띄게 실력이 늘었다 여겨져도 스스로를 계속 경계해야 한다. 자기 음색을 찾고 발성과 발음을 꾸준히 훈련해 자연스러워지기까지는 최소 몇 개월, 길게는 몇 년의 시간이 필요하다. 그런데 학원에서는 그 고되고 긴 시간을 단축시키기 위해 아나운서처럼 읽는 방법을 가르치기도 한다. 가장 흔한 예가 목젖에 힘을 주고 소리를 아래로 깔아 읽는 방식인데, 아나운서 면접에서 열에 아홉은 이 같은 방식으로 원고를 읽는다. 이는 시험관에게 신선함을 전해주지도 못할뿐더러 아나운서가 된다 해도 연습하면서 들어버린 나쁜 습관을 고치기 어려워 곤란해진다.

　마지막으로, 학원을 포함한 주변의 조언보다는 아나운서 시험 결과를 객관적 잣대로 활용하길 권한다. 여기저기 시험을 봤는데 모두 1차에서 떨어졌다면 재빨리 객관적인 판단을 내려야 한다. 그 누구도 아나운서를 희망하는 이에게 "너는 힘들 것 같아"라고 단언하기 어렵다. 결국 자신이 판단하고 책임져야 할 문제인데 가장 냉정한 판단 기준은 실제 입사 시험이다. 다른 일을 하면 훨씬 더 빛날 사람인데 아나운서 시험의 늪에 빠져 시간을 낭비하는 경우를 보면서 자주 안타깝곤 했다.

　방송을 잘하게 되기까지는 무척 오랜 시간이 걸린다. 왕도는 없다. 꾸준한 연습만이 유일한 길이다. 학원에서 6개월에서 1년 정도만 기본을 익힌 뒤에는 꾸준한 연습을 통해 자기 소리를 찾아내야 한다. 이는 내가 맨몸으로 부딪쳐 고된 경험을 통해 알게 된 사실이다.

—
있는 그대로의 자신을
드러내야 한다

  면접面接. 한자를 풀면 서로 대면하여 만난다는 뜻이다. 면접관과 면접자는 서로 관찰을 하고 대화를 나눈다. 여기서 중요한 점은 '서로'란 거다. 그런데 면접자는 흔히 그 지점을 망각하고 상대에게 자신을 맞추려고만 애를 쓰는 경향이 있다. 하지만 진짜 면접, 서로 관찰하는 면접의 현장은 실로 팽팽한 기싸움의 향연이다. 이 기싸움에서 이겨야 비로소 면접관의 눈에 띌 수 있다.

  나의 입사 동기인 오상진 아나운서도 이 기싸움에서 이겨 아나운서가 됐다. 당시 면접관이었던 손석희 국장이 그에게 물었다.
  "웃긴 얘기 해봐요."
  상진은 글로 쓰기도 민망한 유머를 구사했다. 이게 쉬워 보여도 쉬운 게 아니다. 수백 대 일의 경쟁률을 뚫고 합격의 고지가 보이는 순간에 실없는 농담을 던지는 건 분명 어려운 일이다. 그걸 알기에 면접관은 눈앞에 앉아 있는 인물에 대해 흥미를 갖게 된다. 애써 나름의 유머를 구사한 상진의 매력을 간파한 손석희 국장의 반응이 인상적이었다.

"안 웃긴데요."

상상해보라. 그 냉철한 외모의 소유자가 안 웃기다고 말했을 때의 당혹스러움을. 당황할 법도 한데 상진은 민망한 웃음을 지으며 이같이 답했다.

"아, 그렇습니까? 죄송합니다."

상진은 머쓱할 수 있는 그 상황을 재빨리 인정했다. 상진은 최종 합격했다.

또다른 아나운서의 면접 경험이다. 면접관이 물었다.

"효에 대해 어떻게 생각합니까?"

잠시 침묵이 흐른 뒤 그는 답했다.

"효에 대해서는 깊게 생각해보지 않았습니다."

이 답변에 매력을 느껴 한 면접관은 그에게 만점을 줬다. 생각해보지 않은 걸 생각해보지 않았다고 답하는 자신감이 핵심이었을 거다.

당당하게 자신의 이야기를 하는 것. 면접에서 그것만큼 좋은 방법은 없다. 하지만 그게 쉽지만은 않다. 자신감과 자존감이 충만하지 않으면 불가능한 일이기 때문이다. 자존감이 충만하지 못한 사람들의 답변은 대개 이런 식이다.

"이 회사에 꼭 필요한, 박지성 선수와 같은 신형 엔진이 되겠습니다."

실은 아무런 감동이 없는 대답이다. 내가 입사 시험을 봤을 당시 이 같은 답변을 한 사람만 쉰 명이 넘었다고 한다. 맨체스터 유나이티드에서 박지성 선수의 활약이 대단했던 시절이었다.

"그래…… 또 신형 엔진이 왔구나."

면접관의 입장에서는 기싸움을 걸어보고 싶지조차 않은 대답이었을 것이다.

있는 그대로의 자신을 드러내야 한다. 안 해본 생각은 안 해봤다고 당당히 말할 수 있는 솔직한 담대함이 면접에서는 반드시 필요하다. 절대로 속이거나 과장하면 안 된다. 다 드러나기 때문이다. 말을 업으로 삼는 아나운서 역시 마찬가지다. 자존감을 바탕으로 자신의 매력을 오롯이 드러내야 대중은 비로소 호감을 느낀다. 진지한 사람은 진지하게, 재미있는 사람은 재미있게, 이상한 사람은 이상하게 풀어내야 한다. 시대가 재미있는 사람을 원한다고 해서 내가 억지로 재미있어질 수는 없는 노릇이다. 시청자들은 기가 막히게 진짜와 가짜를 구별해낸다. 말하는 내가 자유롭다 할 적에, 그때의 말이야말로 싱싱하게 살아 시청자들에게 건강함으로 가닿을 것이다.

—
나도 어딘가로
떠나야 하는 것인가?

　입사 초기, 제로맨으로 현장 취재를 다니며 한 PD 선배에게 물었다.

　"선배, AD로라도 제작에 참여해보고 싶어요. 현장 따라다니는 것만으로는 한계가 있잖아요. 취재 경험이 있으면 진행할 때 도움도 될 것 같고."

　"좋은 생각이야. 세게 얘기해서 한번 도전해봐."

　"그럴까요?"

　함께 입사한 기자 친구에게도 물은 적이 있다.

　"보도국에서 몇 년 정도 일해볼 수 없을까 싶은데 간다 하면 어떨 것 같아?"

"계속 일할 거 아니면 어렵지 않을까? 여기서 가르치고 하는 것도 다 기회비용이니까. 경험하려고 잠깐 오는 거면 그렇게 반기지만은 않을 거 같은데?"

"그러냐? 음⋯⋯"

아나운서로서 배워야 할 게 여전히 많았다. 그럼에도 취재 경험에 대한 갈증은 쉽게 사라지지 않았다. 시사 교양 프로그램이나 라디오의 경우에는 제작에 조금은 관여해볼 수 있었다. 하지만 뉴스는 앵커 진행만으로는 현장을 짐작할 수 없었다. 취재는 어떻게 하는지, 영상들은 어디서 얻는 건지, 궁금한 게 한둘이 아니었다.

그러나 쉽사리 용기가 나지 않았다. 아나운서 동료들을 떠나 부서를 옮긴다는 것이 마치 배신처럼 느껴지기도 했다. 물론 부서를 옮겼다가 실패할지 모른다는 현실적인 두려움도 컸다. 겁 없이 갔다가 1년도 못 채우고 복귀한다면 너무 볼썽사납지 않을까?

고민만 하던 중 변수가 생겼다. 1년 후배인 문지애 아나운서와 결혼을 하게 된 거다. 손석희 국장 이후 25년 만의 아나운서국 내 커플이었다. 누구도 커플이 함께 근무해서는 안 된다고 말하지는 않았지만 뭔지 모르게 불편한 마음이 드는 건 어쩔 수 없었다. 손석희 선배는 과거에 어떻게 했는지 알아봤다. 결혼 당시 보도국 기자였기 때문에 아무 문제가 없었다고 했다.

"그렇다면 나도 어딘가로 떠나야 하는 것인가?"

—

내 선택은 기자였다

결론은 정면 돌파였다. 부장에게 내 결혼 사실을 알리고 부서 이동을 요청했다. 나뿐만 아니라 특별히 직종 전환의 당위적 상황이 발생하게 된 직원에게 회사 측이 이를 고려할 의무는 분명 있었다. 부장의 보고를 받은 국장은 나에게 두 가지 안을 제시했다. 예능 PD 혹은 기자 중 한 직종을 택하면 방법을 알아봐주겠다고. 은근히 예능 PD로 이동하는 것을 권했지만 내 선택은 기자였다. 물론 내가 원한다고 해서 무조건 가능한 일이 아님을 모르지 않은 터였다. 그에 따른 시험 무대에 오를 준비도 충분해야 함을 알고 있었다.

부서 이동은 급물살을 탔다. 아나운서국장이 보도국 간부를 통해 건의했고, 곧 직종 전환 공고가 떴다. 회사 구성원 누구나 도전할 수 있으며, 면접을 통해 보도국 기자가 되는 기회를 준다는 내용이었다. 이는 나 아닌 다른 직원들에게도 어떤 기회가 될 수 있었다. 나는 직종 전환에 지원했다. 경쟁률은 4:1이었던 걸로 기억한다. 보도국장과 부장단이 면접관이었다. 몇 가지 시사 현안에 대한 의견을 물었고, 적응하기 힘들 텐데 무슨 생각이냐는 질문이 주를 이뤘다.

"저는 스타 아나운서도 아니고, 앵커를 하기 위해 보도국에 가겠다는 것도 아닙니다. 어릴 적부터 기자가 꿈이었고, 다른 기자들과 마찬가지로 취재를 해보고 싶습니다. 손석희, 백지연, 김주하 선배는 스타였고, 앵커를 하는 중에 보도국 직종 전환을 했지만 저는 아시다시피 유명하지 않습니다. 그게 제 강점이라고 생각합니다. 지금 하는 주말 아침 뉴스 앵커 자리도 내려놓겠습니다."

결연한 의지 덕분인지 나는 직종 전환에 최종 합격했다. 합격이 확정된 날, 휴대전화에 낯선 번호가 찍혔다.

"여보세요?"

"어, 전종환씨. 나 보도국장인데."

"아. 예."

"내가 이상한 소문을 들었어."

"무슨 말씀이시죠?"

"전종환씨가 결혼 때문에 도망 오는 거라는 소문인데 이렇게 되면 내가 곤란해지지. 우리가 도망 오는 사람을 받을 수는 없잖아?"

당황했다. 침착해져야만 했다.

"예. 제가 결혼을 할 예정인 건 맞습니다."

"그런가?"

"예. 부서를 옮기는 데 영향을 안 줬다면 거짓말일 거고요. 하지만 도망가려면 좀더 편한 데를 가지 왜 굳이 힘들기로 소문난 보도국으로 도망가겠습니까. 제대로 된 기자가 돼보고 싶은 건 제 진심입니다."

"그래? 정말이지? 알겠어."

2부

—

기사에는 정답이 없기 때문이다

강남 라인에 배치되다

오전 9시. 나는 MBC 보도국으로 출근했다. 얌전한 양복 차림이었다. 보도국장은 나를 보자마자 한마디했다.

"전종환씨는 그런 옷 입고 일하지 않을 거야. 작업복으로 갈아입어야지."

"예. 알겠습니다."

"앞으로 사회2부에서 일할 테니까 그리로 가봐."

사회2부 데스크가 나를 맞았다. 데스크는 들릴 듯 말 듯 작은 목소리로 내게 속삭였다.

"전종환씨. 이런 데를 대체 왜 온 거야?"

나는 강남 라인에 배치됐다. 강남, 서초, 송파, 강동, 수서. 이렇게 강남 지역 다섯 개 경찰서를 담당하는 라인이었다. 듣기로는 담당 경찰서에서 일어나는 모든 일을 알고 있어야 한다고 했다. 1진 선배에게 전화해보라는 얘기를 듣고 회사를 나섰다. 여기가 6년 동안 내가 알던 익숙한 그 회사란 말인가…… 정신을 차리고 1진 선배에게 전화를 걸었다.

"선배, 전종환입니다. 강남 라인에 배치됐다고 해서 연락드렸습니다."

"아, 전종환씨. 반가워요. 온다는 얘기 들었어요."

"예, 선배."

"일단 오늘 밤을 새야 하니까 따뜻한 옷으로 갈아입고 경찰서 앞으로 와요. 커피숍에서 3시에 보도록 하죠. 10월이지만 밤에는 추워요. 이따 봐요."

오후 3시. 강남경찰서 앞 커피숍에서 나는 1진 선배인 김경호 기자와 마주했다. 선배는 특유의 여유 있는 미소를 보이며 내게 말을 건넸다.

"종환씨, 우리 한번 잘해봐요."

"예, 열심히 하겠습니다."

"내가 시키는 대로 다 했는데 만약 좋은 기자가 못 되면 그건 내 잘못이기도 해요."

묘한 불안감과 안도감이 함께 몰려왔다.

"알겠습니다, 선배."

"좋아. 그럼 일단 경찰서장을 만나 인사하고 회사로 들어와요. 오늘 아이템 회의가 있으니까."

'경찰서장? 경찰서에 한번 가본 적도 없는데 서장을 만나고 오라고? 내가 누군지 안다고 서장이 나를 만나준다는 거지?'

급한 마음에 일단 눈앞의 선배에게 매달렸다.

"알겠습니다. 저 선배, 그런데 첫날이라 제가 아직 자신이 없어서 그런데 오늘만 함께 가주시면 안 될까요? 내일부터는 혼자 해내겠습니다."

선배는 잠시 생각을 하더니 말을 이었다.

"아니야. 혼자 가는 게 좋겠어. 그럼 이따 아이템 회의에서 봐요."

— 아, 잘못 옮겼구나!

선배의 명에 따라 경찰서장과 만나고 아이템 회의에 참석하기 위해 회사로 돌아왔다. 훗날 선배는 당시 상황을 이렇게 돌아봤다.

"처음에 네가 서장실에 같이 가달라고 했을 때 그럴까 했는데 다시 생각해보니 아닌 것 같더라고. 수습기자 돌 때 같이 가주고 그런 거 없거든. 네가 다른 수습들과 똑같이 교육받아야 한다고 생각했어. 그래야 나중에 너도 할말이 있지."

아, 속깊은 김경호 선배!

꿔다 놓은 보릿자루처럼 보도국에 앉아 아이템 회의를 기다렸다. 여기저기서 컴퓨터 자판을 두들기는 소리가 들려왔다. 데스크는 취재기자를 옆에 앉혀놓고 꼼꼼하게 취재 내용을 확인했고, 부장은 데스크가 본 기사를 다시 한번 확인하며 문제가 될 요소가 없는지를 점검했다. 그때 어디선가 거친 말소리가 들려왔다.

"이 새끼들, 일에 집중 안 하냐?"

뭐지? 양복을 차려입은 다른 기자들과 달리 점퍼를 입고 있는 이였다. 보도국 기자 모두를 씹어먹을 듯한 기세로 들어온 그는 얼어붙어 있는 나를 보고 무심하게 한마디 툭 던졌다.

"왔냐잉."

내 첫 캡, 민경의 기자였다. 캡은 서울지방경찰청에 출입하는 기자를 부르는 호칭이다. 이제 막 기자 생활을 시작하는 경찰기자들을 통솔하고 교육하는 게 캡의 역할이다. 동기 기자들은 캡이 내 생사여탈권을 쥐고 있는 사람이라 알려줬다.

회의가 시작됐다. 여기저기 흩어져 있던 경찰기자 전원이 회의실에 둘러앉았다. 당시 사회부 기자는 이십 명 정도였는데 다들 초췌해 보였다.

"며칠 잠을 못 잔 사람들인가, 왜 다들 눈이 빨갛지?"

본격적으로 아이템 발제가 시작됐다. 한 명당 아이템 세 개 발제가 기본이었다. 내 눈에는 모든 아이템이 특종처럼 보였다. 대체 저런 걸 어디서 알아온단 말인가. 하나도 아니고 세 개씩이나. 하지만 캡은 냉정했다.

"킬! 그걸 아이템이라고 내냐?"

기자 정신을 가지고 임하라는 캡의 일장 연설로 회의는 마무리됐다. 두 시간 넘는 마라톤 회의였다. 캡은 사회부 기자들에게 회의도 끝났으니 목을 축이러 가자고 했다. 선약 있어 못 간다는 이야기가 내 사정이었던가, 절로 쏙 들어갈 만큼 강한 카리스마의 소유자가 그였다. 마음속 깊은 곳의 의심과 회의가 확신으로 바뀌었다.

'아, 잘못 옮겼구나!'

경찰서에서
밤을 새다

택시를 타고 강남경찰서로 복귀했다. 밤새 강남 지역 다섯 개 경찰서를 돈 뒤 기사가 될 만한 걸 보고해야 했다. 보고 시간은 아침 7시. 무슨 수를 써서든 보고할 거리를 찾아야만 한다. 가령 "밤새 돌아다녔는데 특이 사항이 없습니다"라는 식의 보고를 한다면 어떤 대가를 치르게 될지 대충 짐작이 가고도 남았다. 강남경찰서에는 이미 한 무리의 수습기자들이 진을 치고 있었다. 이제 막 언론사에 합격해 경찰서에 배치된 친구들이었다. 얘들한테 정보를 좀 얻을 수 있을까? 궁한 마음에 인상 좋은 친구에게 접근했다.

"안녕하세요. 오늘 처음 라인에 배치된 MBC 전종환 기자라고 합니다."

"아, 안녕하세요. 근데 TV에서 본 것 같은데 아나운서 아니세요?"

"맞습니다. 그런데 오늘부터 수습이에요. 그나저나 취재는 어떻게 하는 거죠?"

"취재요? 당직 서는 형님(형사를 부르는 호칭)들이 있어요. 형님들한테 가서 사건 좀 달라 그러면 하나씩 주기도 해요. 기본적으로 잘 안 주는데 새벽에 불쌍한 듯 얘기하면 작은 거라도 줘요. 그게 뭐 기사가 될 정도는 아닌데 면피용으로는 충분하죠."

경찰서의 밤을 아시는가? 경찰들이 퇴근하고 난 한밤의 어두운 경찰서에는 수많은 수습기자가 헤매고 다닌다. 기자 두 명이 형사한테 붙어서 얘기를 듣고 있으면 뭔가 일이 있겠거니 하는 마음에 하나둘씩 모여들고, 어느새 대부분의 수습기자가 한곳에 모이게 된다. 뭐라도 취재하기 위해 밤새 애를 써보지만 손에 잡히는 거라곤 주취 난동, 쌍방 폭행, 쌍방 과실 교통사고 등의 사소한 사건들뿐이다. 이런 사건들은 뉴스로 보자면 가치가 적은 편이다. 때문에 수습이 취재한 사건이 다음날 방송이나 신문에 실리는 일은 무척 드물다.

이들은 밤새 취재를 해서 선배 기자한테 보고하고, 보고한 만큼 깨진다. 깨지는 게 싫어 보고를 안 하면 더 깨진다. 이러지도 저러지도 못한 채 수습들은 우르르 몰려다니며 정보를 공유하고, 그러면서도 뒤로는 나만의 단독이 없을까 호시탐탐 기회를 노린다. 기자들은 그렇게 취재의 기본을 경찰서에서 배운다.

2011년 10월 4일 새벽, 나도 그 수습기자 무리에 있었다. 나는 무작정 당직을 서는 형님에게 접근했다.

"안녕하세요. MBC 전종환 기자라고 합니다."

"예. 그런데요?"

뚱한 표정이었다.

"뭐 중요한 사건 없나 해서 와봤어요."

"없어요."

단호했다.

"아, 예…… 알겠습니다."

작전상 후퇴였다. 형사과에서 교통과로 이동했다. 이번에는 쉽게 물러서지 않으리라 다짐했다.

"형님, MBC 전종환 기잡니다."

"예. 뭐 없어요."

뻔뻔해지자. 뻔뻔해지자.

"에이, 형님. 좀 도와주세요. 저 오늘 첫날인데 뭐 없으면 죽어요.

아시잖아요."

무관심하던 경찰이 나를 슥 한번 쳐다보더니 말을 이었다.

"지금은 없고, 그럼 이따 또 와봐요."

"예, 형님. 감사합니다."

이런 식으로 당직중인 경찰 모두를 만났다. 보고를 하려면 할 수는 있으나 단순 교통사고 혹은 술에 취해 벌어진 다툼 정도여서 뉴스거리로는 다분히 흥미가 떨어질 것이 분명했다.

그렇게 조마조마한 마음으로 경찰서를 헤매던 새벽 3시. 관내가 조금 소란스러워졌다. 외국인 여성 몇 명이 체포돼 들어오고 있었다. 러시아인으로 보이는 여성들은 화려한 복장에 진한 화장을 하고 있었다.

'오호라. 이거 냄새가 나는데?'

나는 조심스레 그 여성들을 쫓아갔다. 그들이 들어간 곳은 여성청소년계 당직실이었다. 여기는 뭐하는 곳이지? 일단 동태를 살폈다. 이들이 잡혀온 걸 확인한 건 나와 경향신문 수습기자 둘이었다. 은근한 신경전을 펼치며 경찰이 사무실에서 나오기를 기다렸다. 잠시 후 경찰이 나왔다. 먼저 따라붙은 건 경향신문 수습기자였다.

"형님, 안녕하세요. 경향신문 수습기잡니다. 죄송하지만 수첩에

메모하면서 말 좀 여쭐게요. 몇 명이나 체포된 거죠? 국적은요? 혐의는 뭐죠?"

질문이 이어졌지만 경찰은 말을 아꼈다. 나중에야 알았지만 수사 정보를 기자들한테 알려주는 계통은 일원화돼 있었고, 일선 형사들은 기자들에게 수사 정보를 흘리는 게 금기시되어 있었다. 경찰 입장에서는 사무실 복도 바로 앞에서 수습기자 둘에게 사건의 개요를 설명해줄 수는 없는 일이었다.

별다른 취재를 못한 경향신문 수습기자는 아쉬워하며 자리를 떴다. 나는 담배를 한 대 피우고 커피를 한잔 마시며 생각했다. 혼자 조용히 가봐야겠다고. 노크를 하고 여성청소년계 사무실로 들어가니 아까 본 경찰이 피곤한 기색으로 양말을 벗고 있었다.

"형님, 안녕하세요. 아까 뵀던 MBC 전종환 기자입니다."

"아, 그러세요. MBC군요. 반갑습니다."

복도에서의 어색했던 분위기와는 사뭇 달랐다. MBC 선배 기자들이 쌓아놓은 신뢰 덕분에 아무것도 아닌 나를 반겨준다는 느낌도 들었다. 곧장 사건 얘기로 들어가지는 않았다. 날씨 얘기 사는 얘기로 시작해 아나운서에서 기자로 넘어와 첫날이라는 얘기도 자연스럽게 꺼냈다. 분위기가 부드러워졌다. 비로소 질문을 할 때라는 판단이 들었다.

"아까 그분들은 혹시 유흥업소 분들인가요?"

"네, 맞아요."

"룸살롱인가요?"

"룸은 아니에요."

"그럼 어떤 업종이죠?"

"변종 서비스 업소예요."

"아, 네. 강남 쪽이겠죠?"

"맞아요. 압구정, 신사 쪽인데 열한 명 정도 입건했어요. 근데 아직 조사를 해봐야 해요. 지금까지 나온 걸로는 부족하고요."

"아, 알겠습니다. 제가 첫날이라 많이 부족합니다. 앞으로 자주 뵙고 말씀 듣겠습니다."

"알았어요. 고생하고요. 또 봐요."

동이 텄다. 하루를 뜬눈으로 보낸 게 얼마 만이던가. 예정됐던 아침 7시 보고를 시작했다.

"강남 라인 수습 전종환입니다. 보고하겠습니다."

"응."

"강남구 압구정동에서 교통사고가 있었습니다. 신호를 보지 못한

승용차가 앞선 트럭 차량을 들이받았습니다. 큰 사고는 아니었고요. 형사계에는 마흔한 살 김 모씨가 서른 살 서 모씨와 술을 마시고 쌍방 폭행한 사건이 있었습니다. 둘 다 취해서 경찰서에 끌려왔는데 술 좀 깨고 화해한 뒤에 돌아갔습니다. 마지막으로 강남서 여성청소년계에 러시아인으로 추정되는 유흥업소 여성들이 입건됐습니다. 신사, 압구정 지역에서 변종 서비스 영업을 했다고 합니다. 열한 명이고요. 하지만 아직 수사 초기 단계라 기사를 쓸 수는 없을 것 같습니다. 강남서에서 성범죄 관련 수사가 대규모로 진행되는지 관심 있게 지켜보겠습니다."

보고를 받은 선배는 몇 가지 짧은 질문을 던졌을 뿐 특별한 말은 없었다.

"응, 알았다. 계속 취재해."

안도의 한숨을 내쉬고 경찰서 로비 탁자에 쓰러지듯 엎드려 짧은 잠을 청했다. 긴 하루였다.

—

질책도 애정이 있어야 한다

    수습기자의 하루는 단순하다. 경찰서에서 시작해 다시 다음날 경찰서에서 아침을 맞는다. 집이 경찰서라고 보면 된다. 잠자고 밥 먹는 시간은 따로 없다. 밥 먹었냐는 질문에 그렇다고 답하면 밥이나 축내며 일을 그렇게 하느냐고 질책을 당하고, 시간이 없어서 못 먹었다고 답하면 뭐 대단한 거 한다고 밥도 안 챙겨 먹느냐며 깨진다. 선배들은 이제 막 기자를 시작한 후배들을 필요 이상으로 엄격하게 다룬다. 기자는 잘 모른다는 전제로 취재에 임해야 하는데 이제 막 언론사에 입사한 수습들은 스스로를 시대의 지성인이자 정의의 사도이며 불세출의 전략가라 여길 확률이 농후하기 때문이다. 이런 문화가 꼭 바람직한가에 대해선 토론의 여지가 있을 것이고 시대에 맞춰 분위기도 바뀌어가고 있지만 적어도 수습 기간 동안은 평생 겪어보지 못한 긴장감 속에 하루하루를 보내게 된다.

한번은 가수 A씨가 밤 11시쯤 강남경찰서에 참고인 조사를 받으러 방문했다. 아나운서 시절 방송에서 한두 번 봤었던 A씨가 나를 알아보고 알은척을 했다.

"어. 전 아나운서, 여기 왜 있는 거야?"

"아, 예. 형님, 저 기자로 직종 전환했어요. 그런데 경찰서에는 무슨 일이세요?"

"어. 나 간단히 참고인 조사 받을 게 있어서 왔어."

추가 취재가 가능할 거란 판단이 들었다.

"형님, 어떤 사건이에요? 제가 도와드릴 건 없나요?"

조심스럽게 물었다.

"에이. 그거 뭐 알 거 없고. 나 들어갔다 올게. 추운데 들어가."

여기서 포기할 수는 없었다. 그와 함께 경찰서를 방문한 지인에게 접근했다.

"안녕하세요, MBC 전종환 기자입니다. 저 A형님과 아는 동생인데요, 무슨 일로 오신 건지 알 수 있을까요?"

나를 한번 슥 쳐다본 그가 이런저런 말을 시작했다.

"형님이 돈 문제에 연루가 됐는데…… 그게 5천만 원인지 7천만 원인지 정확하지가 않아요."

"아, 그래요? 정확한 액수는 모르시고요?"

"그건 정확하지가 않네. 이게 뭐 사업하다 그렇게 된 건데, 지인이 고소를 했다는 거 같기도 하고. 지인이 아는 동생이라 그랬나 뭐랬나. 나도 그 이상은 잘 몰라요."

"감사합니다!"

마치 고급 정보라도 알게 된 양 나는 의기양양해졌다. 이런 게 말로만 듣던 단독인가? 들뜬 마음으로 야근 1진 선배에게 보고를 했다.

"수습 전종환입니다. 보고할 게 있어 전화드렸습니다."

"응, 뭔데?"

"강남경찰서 경제팀에 가수 A씨가 조사를 받으러 왔습니다."

"그래? 어떤 조사야?"

"예. 지인한테 사기를 당했다고 합니다."

"합니다? 확인되고 보고하는 거야?"

"같이 경찰서에 온 지인이 그렇게 말했습니다."

"액수는?"

"액수는 5천만 원 아니면 7천만 원이라고 합니다."

"장난해? 그걸 지금 보고라고 하는 거야? 그걸 가지고 지금 기사를 쓰라는 거야, 말라는 거야? 경찰한테 확인해서 제대로 된 팩트를 보고해야 할 거 아냐!"

"아. 근데 지금 조사를 받으러 들어가서 확인이 어렵습니다."

"그럼 조사받는 방에 귀를 대고 엿듣기라도 하든가!"

이게 아닌데……

"죄송합니다."

"전종환씨 그래가지고 입사 동기들만큼 일할 수 있겠어? 아나운서 기수 인정받아서 7년 차잖아. 걱정돼서 하는 소리야. 똑바로 하라고. 내가 당신이 준 정보 가지고는 기사를 쓸 수가 없잖아. 다시 보고해!"

"예. 죄송합니다."

방법이 없어 A씨가 조사를 마치고 나올 때까지 두 시간 넘게 경찰서 밖에서 기다렸다. 하지만 조사를 마치고 나온 A씨는 기다리던 나를 본 척 만 척하고 경찰서를 떠나버렸다. 경찰에게 물어봐도 조사 내용을 알려주지는 않았다. 다시 야근 선배에게 전화를 걸었다.

"죄송합니다. 추가 취재를 못 했습니다."

"장난해, 전종환씨? 다른 경찰서 돌면서 새벽 3시까지 다른 사건

보고해!"

"예, 알겠습니다."

또 이런 일도 있었다. 강남, 수서 경찰서를 돌고 몇 가지 자잘한 사건들을 취재해 야근 1진 선배에게 보고를 했다.

"수습 전종환입니다. 보고하겠습니다. 강남에서는 음주 교통사고가 있었습니다. 운전자는 쉰일곱 살 전 모씨였고요. 혈중알코올 농도 0.12의 만취 상태였습니다. 만취 상태로 앞의 차를 들이받았고요. 마흔세 살 여성 김 모씨는 교통사고로 인해 인근 삼성서울병원으로 이송됐습니다. 수서경찰서에서는 폭행 사건이 있었습니다. 가해자와 피해자 둘이 경찰서로 왔고요. 현재 진술중입니다."

보고를 받은 선배는 내게 물었다.

"송파, 강동은?"

"아…… 거기까지는 아직 돌아보지 못했습니다. 죄송합니다."

"거기서 무슨 일 생기면 전종환씨가 책임질 거야? 무슨 일을 그 따위로 해?"

"죄송합니다."

"두 시간 줄 테니까 다른 경찰서까지 다 돌고 새벽 3시까지 다시 보고해."

"예. 알겠습니다."

죄송하다고 말했지만 나도 알고, 야근 선배도 알고, 기자라면 누구나 안다. 밤 10시부터 새벽 1시까지 다섯 개 경찰서를 모두 돌고 사건을 취재하는 건 현실적으로 불가능하다는 걸 말이다. 하지만 그럼에도 선배들은 반복적으로 수습들에게 압박을 가하고 취재를 해오라고 종용한다. 수습들이 게을러지는 걸 막고 취재 기법을 빠르게 익히게 하기 위함이다.

수습 생활은 길어봐야 3개월이다. 경찰서 수습이라는 극한의 고통을 이겨낸 경험을 바탕으로 앞으로의 어려움을 잘 해결해나가라는 뜻이 있다고 생각한다. 그래도 다른 수습들에 비하면 나는 수월한 편이었다. 회사생활을 6년 하고 나서 부서를 옮긴 늙은 수습에 대한 배려였다고 생각한다. 신입 기자들은 나보다 몇 배는 험난한 수습 생활을 견뎌내며 기자로 성장해간다. 나중에 선배가 돼보니 자신의 잠을 줄여가며 취재 지시를 해줬던 선배들의 마음이 더 고맙게 여겨진다. 그때는 그걸 몰라 상처를 받고 며칠 꽁해 있기도 했다. 질책도 애정이 있어야 한다는 걸 나중에야 알았다. 힘들었던 수습 기간은 내 6년 기자 생활을 견디게 해준 밑거름이었다.

—

단신 써

내가 아는 좋은 방송 기사의 조건은 이렇다. 충실한 취재를 통한 풍부한 팩트는 기본이고, 문장은 명료하고 듣는 이가 이해하기 쉬워야 한다. 그러면서도 사안의 전체적인 흐름을 관통해야 좋은 기사라 할 수 있다. 여러 기자에게 한 가지 사안을 취재해 기사를 쓰라고 하면 백이면 백, 다른 기사가 나온다. 기사에는 정답이 없기 때문이다. 다만 좋은 기사와 나쁜 기사가 있을 뿐이다.

수습으로 경찰서를 돌면서 매일 저녁 기사 작성 연습을 했다. 그렇게 한 달 넘게 연습을 하고 실전에 투입됐지만 기사 앞에서 나는 늘 작아졌다.

방송기자가 쓰는 기사는 두 종류다. 하나는 TV 뉴스에 나오는 1분 20초 분량의 리포트 기사고, 다른 하나는 라디오 뉴스의 30초짜리 스트레이트 단신 기사다. 내가 특히나 헤맨 건 스트레이트 단신 기사였다. 스트레이트 기사는 기본이 세 문장이다. 첫 문장은 기사의 핵심을 뽑아내야 하고, 다른 두 문장에 사안의 모든 것을 '쉽고 간결하지만 통찰력 있게' 써내야 한다.

이게 말이 쉽지 막상 써보면 뜻대로 되지 않는다. 전문가적 식견이나 문학적 훈련이 필요한 글이 아님에도 복잡다단한 사안을 세 문장 안에 담아낸다는 건 충분한 훈련이 안 돼 있으면 어려운 일이다. MBC 신입 기자들은 다른 직종과 달리 연수원 시절부터 선배들의 명에 따라 스트레이트 기사 쓰기를 훈련받는다. 익숙해지는 데 오랜 시간이 필요하기 때문이다.

수습 시절, 경찰서에서 취재를 하다 야근 1진 선배한테 교통사고 건을 보고했다.

"수습 전종환입니다. 강남구 압구정동 올림픽대로 강동 방면에서 승용차 두 대가 추돌했습니다. 부상자는 없습니다. 그림 확보됐고요. 그림은 야근자한테 전송하도록 하겠습니다."

선배의 답은 간단했다.

"응, 알았어. 단신 써."

단신 써. 짧은 한마디에 정신이 혼미해졌다. 매일 저녁 열심히 단신 쓰기 연습을 하고 있었지만 아직 내가 쓴 기사를 공식적으로 뉴스 시스템에 올린 적은 없었다. 순간 마음이 쿵쾅거렸다.

'아직 나는 연습생인데, 그렇다고 못 쓰겠다고 하면 혼이 날 텐데, 욕먹기는 싫고 쓰기는 자신 없고, 이걸 어쩐다……'

나는 야근중인 동료 기자에게 전화를 걸었다.

"○○씨, 나 전종환이에요."

"예, 선배."

"강남 라인에 교통사고가 발생했어요. 취재는 다 됐는데 내가 아직 공식적으로 기사를 안 써봤어요. 쓸 자신도 없고. 취재 내용 토스할 테니 기사 좀 써주면 고맙겠어요."

"예, 선배. 알겠습니다. 고생하시고요."

그는 일도 아니라는 듯 5분 만에 단신 기사를 써 뉴스 시스템에 올렸다. 나는 한동안 그가 쓴 기사를 멍하니 바라봤다. '아, 나는 아직 이 정도 단신조차 쓰지 못하는구나.'

멍때림도 잠시, 단신도 못 쓰는 선배를 선배라 불러주고 기꺼이 기사를 써준 그에게 고마움이 몰려왔다. 돌이켜보면 참 어이없었을 거다. 이걸 기자라고, 이걸 선배라고.

　뭐든지 때가 있는 법이다. 처음 아나운서로 일을 시작했을 때 읽기 연습이 턱없이 부족해 한참을 고생했듯이 기자가 되고 나서는 기사 쓰기가 모자라 어려움을 겪었다. 그만큼 기본은 중요하다. 라디오 뉴스를 들으면 아나운서의 내공을 알 수 있고, 석 줄 단신만 봐도 기자 역량이 파악된다. 나는 스트레이트 기사가 정말이지 어려웠다.

—
그 뉴스가 우리 사회에
꼭 필요한지 반드시 생각해봐

수습을 마치고 본격적으로 뉴스 제작에 투입됐다. 보도국에서는 매일 아침 8시 반에 편집회의가 열린다. 각 부서 부장들이 모여 당일 〈뉴스데스크〉에서 다룰 아이템을 결정하는 회의다. 때문에 사회부 기자들은 아침 7시까지 서울지방경찰청에서 근무하는 캡에게 자신이 속한 라인의 일정과 아이템을 보고하고, 캡은 사회부장에게 오전 8시 아이템을 보고한다. 기자들이 보고하는 아이템은 크게 스트레이트와 기획 기사로 나뉘는데 스트레이트 기사는 각 출입처에서 내는 보도자료 혹은 일정을 토대로 만들어진다. 기자는 일정을 취재하거나 보도자료에 문제가 없는지 비판적으로 검토한 뒤 기사를 쓴다.

하지만 이 같은 스트레이트 기사만으로 뉴스를 채울 수는 없다. 그래서 각 언론사에서는 스트레이트 기사와 별도로 기획 기사를 준비한다. 이러한 기획 기사를 '아이템'이라 부른다. 스트레이트가 빈번하게 발생하는 정치부와 검찰 출입 기자를 제외한 대부분의 기자들은 이 아이템 발제 때문에 스트레스를 받는다. 반대로 매주 기획 아이템을 꼬박꼬박 내는 기자는 그 능력을 인정받게 된다.

사회2부는 일주일에 한 번씩 아이템 회의를 했는데 의무적으로 세 개의 아이템을 발제해야 했다. 그래도 회의에서 통과되어 실제로 뉴스 제작으로 이어지는 아이템은 극히 드물었다. 선정 기준이 그만큼 높기 때문이다. 나는 매주 월요일마다 돌아오는 회의에서 발표할 아이템을 발굴하는 데 애를 먹었는데 그 와중에 틈틈이 라인 1진 선배인 김경호 기자에게 상의하곤 했다.

"선배! 아이템을 찾았습니다."

"그래, 어떤 아이템이야?"

"저희 지역이 강남이니까요. 강남의 변종 성매매업소를 취재하는 게 어떨까요?"

아이템은 정확히 기자의 수준을 반영한다. 보고를 받은 선배가 깊은 한숨을 내쉬었다.

"종환아."

"예, 선배."

"변종 성매매업소를 왜 취재해야 한다고 생각하니?"

"음…… 강남을 위주로 성행하고 있으니까요."

"그걸 모르는 사람이 있나?"

"없죠."

"근데 왜 뉴스에 나가야 해?"

"취재가 가능하고, 재미있잖아요."

"종환아, 그건 뉴스의 품격을 깎아내리는 짓이다. 나는 그런 뉴스가 관음증 뉴스 이상도 이하도 아니라고 생각해. 사람들에게 이런 신종 업소 있으니 가보라고 광고해주자는 거니? 아이템을 내기 전에 그 뉴스가 우리 사회에 꼭 필요한지를 반드시 생각해봐."

"아, 알겠습니다. 선배, 그렇다면 이 아이템은 어떨까요?"

"뭔데?"

"최근에 쇠고깃값이 폭등했잖아요. 유통 구조를 취재해보는 거예요."

"유통 구조? 새로운 게 있나?"

"중간 도매상이 많아서 가격이 비싸지는 거니까요. 그걸 취재하면 되잖아요."

"쇠고기 유통에 중간 도매상 많이 끼어 있는 걸 모르는 사람은 없잖니. 뭐, 새로운 걸 가지고 와야 아이템이 되지. 현상만 보여준다고 되는 게 아니야. 취재를 해보고 얘기가 되는 게 있을 때 보고를 하는 거고."

"예. 알겠습니다."

선배는 보도국 제보창에 올라오는 아이템을 발제하는 것도 금지했다.

"선배, 제보창에서 확실한 아이템을 찾아냈어요."

"제보창? 내 밑에 있는 동안에는 제보창 발제 금지다."

"금지요? 그건 왜죠, 선배? 확실한 아이템인데."

"아이템을 찾는 건 많은 연습이 필요해. 초년병 시절에 그 연습을 제대로 하지 않으면 나중에 고생하거든. 어느 부서를 가도 인정받지 못하고. 아이템을 얻을 수 있는 방법은 여러 가지가 있는데 제일 쉬운 게 제보창이야. 거기 의존하게 되면 반쪽짜리 기자밖에 못 되니까. 일단은 아이템 발굴하는 실력을 키워야 해."

나의 첫 1진이었던 김경호 기자는 아이템을 보는 선구안이 정확했다. 될 것과 안 될 것을 단박에 구분해 쓸데없이 취재력이 낭비되는 걸 막았다. 덕분에 나는 선배 밑에서 아이템을 발굴하는 법을 조금씩 익힐 수 있었다.

　아이템을 찾는 방법은 다양하다. 취재원으로부터 정보를 얻기도 하고 매일 아침 정독하는 조간신문에서 아이디어를 얻을 수도 있다. 무심코 넘기는 잡지에서도 길을 걷다 만나는 풍경에서도 아이템은 탄생한다. 다만 널려 있는 아이템이 뉴스로 구체화되기 위해서는 기자 특유의 훈련된 감각이 필요하다. 그렇게 만들어진 의미 있는 기획 기사는 때로 센 단독 기사보다 더 짜릿하다.

—

여기서 바이스는
무슨 질문을 하려나

보도국은 철저히 시스템으로 돌아간다. 회의를 통해 제작이 결정되면 기자는 취재를 하고 기사를 쓴다. 하지만 거기서 끝이 아니다. 각 부서의 데스크와 부장이 기자가 보낸 기사를 점검하고 더 나은 방향으로 기사를 고친다. 데스킹이라 불리는 이 과정을 통해 보도국 기사는 최소한의 수준을 확보하게 된다. 말도 안 되는 기사를 걸러낸다는 이야기다. 기사를 송고하고 데스킹을 기다리는 시간은 고통스럽다. 내 실력의 밑천이 훤히 드러나기 때문이다.

수습이 끝나고 얼마 안 돼 나는 수입차 AS에 관련한 취재를 했다. 지방에서 수입차를 샀는데 몇 개월 동안 제대로 된 AS를 받지 못했다는 제보에서 시작된 아이템이었다. 부끄럽지만 당시 내가 송고한 기사를 공개한다. 미리 말하지만, 지워버리고 싶을 만큼 형편없는 기사다. 이해를 돕기 위해 각 문장의 문제점을 지적해놓았다.

앵커 멘트

요즘 수입차 많이들 타시죠? 집 한 채 값을 주고 차를 샀는데 정작 정비 서비스는 엉망이라는데요. 일부 수입차 업체들의 무책임한 실태, 전종환 기자가 취재했습니다.

VCR

2억 원이 넘는 독일 수입차.

구입 한 달 만에 리콜 대상 차량이 된 걸 알았습니다.

> 수입차의 이름도, 왜 리콜 대상인지도 밝히지 않았다. 전형적인 팩트 부실이다.

인터뷰

"뉴스 보고 알았어요…… 한 달 동안 연락 없더라고요."

정비소에 들어가면 다른 부품에 문제가 생겨 나왔습니다.

> 어떤 부품에 무슨 문제가 있는지 밝히지 않았다. 이렇게 팩트가 부실하면 시청자들은 뉴스에 몰입할 수가 없다.

인터뷰

"정이 떨어졌어요. 차 바꿀 거예요."

김 모씨는 차량 정비가 끝났지만 본인 차량을 운전하지 않습니다.

> 갑자기 김 모씨가 등장한다. 뜬금없다. 차량 정비 내역도 생략됐다. 역시 팩트
> 부실이다.

인터뷰

"사고 나면 어떻게 책임져요. 딜러사랑 본사랑 책임을 떠넘기는

거예요."

김 모씨는 소송까지도 할 생각입니다.

> 굳이 김 모씨 이름을 기사에 두 번 낼 필요는 없다. 무슨 소송을 왜 하겠다는
> 것 역시 알 수 없다.

이런 문제는 왜 생길까?

해외 본사에서 국내 수입업체를 거쳐 딜러로 이어지는 판매 구

조가 문제로 지적됩니다.

> 두 가지 사례를 나열하고는 판매 구조가 문제라고 지적하는데, 판매 구조의
> 어떤 점이 문제인지에 대해서는 언급이 없다. 문장 아래 수입차 업체 직원들
> 의 인터뷰가 실려 있지만 이것만 봐서는 판매 구조의 문제점을 제대로 알 수
> 가 없다. 또 업체와 딜러가 서로 책임을 떠넘기는 게 문제라면 누구의 책임이
> 더 큰지에 대한 분석도 마땅히 기사에 녹아 있어야 한다.

인터뷰 : 수입업체 직원

"기본적인 책임은 딜러에게 있는 거죠."

인터뷰 : 전직 수입차 마케팅 직원

"본사에서 엔진 같은 건 절대 안 해줘요. 사례를 남기면 안 되니까."

지방의 경우 정비 환경이 더 열악합니다.

1억 4천여 만 원에 구입한 영국 수입차량.

지난 5월 엔진 경고등이 들어왔습니다.

세 문장이나 할애했지만, 심각한 문제로 여겨지지 않는다. 부실한 팩트와 불친절한 묘사 때문이다. 모든 문장은 쓰는 이유가 명확해야 한다.

인터뷰

"차량이 출렁거리고 엑셀을 밟아도 일정 속도 이상은 속도가 안나는 거죠."

석 달 동안 광주에 있는 정비업소를 일곱 번 찾았지만 본사에 이메일로 문의하겠다는 말만 반복했습니다.

기자 스탠드업

결국 이곳에서는 아무런 수리도 못 받았습니다.

엔진 경고등을 임시로 삭제한 게 전부였습니다.

현장성이 결여된 스탠드업이 불필요하게 들어갔다. 필요하지 않다면 빼는 게 답이다. 방송 기사는 압축되고 압축돼 짧게 나간다.

현행 자동차 정비업소는 종합 정비업, 소형 정비업, 부분 정비업으로 구분돼 있습니다.

지방 정비업소의 경우 대부분이 '부분 정비업소'. 부분 정비업소는 한정적 범위의 정비만이 가능합니다.

본사에서는 늦장 대응을 하고 지방의 정비업소에서는 동네 카센터 정도의 수리만이 가능한 겁니다.

기사는 수입차 정비 피해 사례 1+2+3으로 이뤄져 있다. 앞의 두 사례의 문제점을 판매 구조에서 찾았는데, 사례 3에서는 지역 정비 부실이라는 전혀 다른 얘기를 하고 있다. 두 가지 얘기를 억지로 연결시켜놓은 구조다. 기사의 흐름이 결여돼 있다.

하지만 차량을 구입할 때는 말이 다릅니다.

인터뷰 : 딜러

"저희는 원스톱 서비스가 가능해서 오히려 지방으로 수리받으러 내려오죠."

지역 판매업체를 찾아가 이 인터뷰를 몰래카메라로 따놓고 나는 뿌듯해했다. 뭔가 대단한 취재를 한 것처럼 여겨졌다. 돌이켜보면 전혀 중요하지 않은 인터뷰였다. 하나의 몰래카메라 인터뷰는 사안의 객관성을 담보하지 못한다.

10년 전 0.7퍼센트였던 수입차 점유율은 이제 8퍼센트로 열 배가 넘게 늘었습니다.

시장이 커지면서 수입업체가 차량 정비에 더 적극적으로 나서야 한다는 지적입니다.

MBC 뉴스 전종환입니다.

캡에게 기사 준비를 마쳤다고 보고했다. 캡은 막 수습을 뗀 나에게 뉴스 시스템에 송고하기 전 바이스에게 기사를 점검받으라고 지시했다. 바이스는 캡을 도와 사회부를 이끌어가는 고참 기자로, 후배 기자들의 취재와 기사 작성을 도와준다. 기사를 받아 본 이정신 바이스는 한동안 말을 잇지 않고 기사를 몇 번이고 다시 읽었다. 얼굴은 점차 일그러져갔다. 선배의 당황스러운 표정을 지금도 나는 잊지 못한다.

"앉아봐라."

"예."

나는 벌받는 학생처럼 조신하게 앉았다. 선배는 처음부터 하나하나 묻기 시작했다.

"2억 넘는 독일 수입차는 뭐지?"

"예. 아우디 R8 스파이더입니다."

"2억 넘는 거면 국내에 몇 대 없겠네?"

"예. 서른 대도 안 된다고 해요."

"그런 건 기사에 왜 안 썼지?"

"죄송합니다."

"왜 리콜 대상이야?"

"엔진 배관 문제 때문에요."

"이 사람이 문제를 알고 취한 행동은?"

"일단 판매업체 갔다가 수리 못 해준다고 하니까 차량을 수입한 본사로 찾아갔습니다."

"왜 그런 내용은 기사에 안 썼지?"

"죄송합니다."

마치 검찰 조사실에 앉아 취조를 받는 잡범처럼 나는 작아져갔다. 그렇게 한 시간이 지나고 두 시간이 지났다. 선배의 질문은 멈추질 않았다.

"해외 본사와 수입업체와 판매업체가 서로 정비를 안 해준다, 이

거잖아. 누구 잘못이 큰 거야?"

"둘 다 잘못이죠."

"그래도 책임 소재의 경중이 있을 거 아냐!"

"잘 모르겠습니다."

"취재 안 했어?"

목소리가 점차 높아졌다. 주변에서도 심상치 않은 분위기를 감지하고 힐끔힐끔 쳐다보기 시작했다. 모든 기자가 나만 바라보고 있는 것 같은 조마조마함이 나를 미치게 만들었다.

"그러니까 책임 소재가 누구한테 있는 거냐고?"

"그냥 서로 떠넘기기만 한다고 합니다."

선배는 기어코 소리를 질렀다.

"그게 말이 돼? 다시 취재해 와!"

사람은 궁하면 독해진다. 나 역시 복도 구석에 처박혀 수입차 홍보 담당자에게 소리를 질렀다.

"그러니까! 대체 누구 책임이냐고요!"

홍보 담당자는 기자가 아니다. 그는 내가 필요로 하는 답을 해주지 않았다. 책임 소재를 밝히는 건 철저히 기자의 몫이었다. 네 시간에 가까운 데스킹 끝에 내 기사는 다시 만들어졌다. 지옥 같은 네 시간이었다.

그날 이후 나는 독하게 취재하기 시작했다. 취재하고 기사 쓸 때 내가 신경쓴 건 오직 한 가지였다. '여기서 바이스는 무슨 질문을 하려나.' 그렇게 생각하니 허투루 취재할 수가 없었다.

며칠 뒤 나는 다시 조마조마한 마음으로 이선배 옆에 앉았다. 다음 기획 기사를 데스킹 받는 자리였다. 기사는 여전히 엉망이었고, 엉망이었던 만큼 선배의 질문은 집요했다. 그래도 대부분의 질문에 나는 기어코, 기어이, 답을 해낼 수 있었다. 집요하게 취재한 덕분이었다. 선배는 보일 듯 말 듯한 미소를 지으며 계속 질문을 이어갔다.

—

현장이 중심이다

언론사에서 캡의 위상은 절대적이다. 10년 내외 경력의 기자가 주로 캡 역할을 맡게 되는데, 능력과 리더십이 인선 기준이다. 그래서 보도국 캡이 됐다는 건 기자로서의 능력을 인정받았다는 뜻이기도 하다. 캡은 사회부 전체를 통솔한다. 사회부에는 이십여 명의 기자가 있는데, 낮은 연차 후배들이 주를 이루기 때문에 이들을 제대로 교육시키고 기자로 성장시키는 게 캡의 주요 임무다.

캡의 일과는 이렇다. 새벽 6시 무렵 서울 광화문에 위치한 서울지방경찰청으로 출근한다. 언론사에서는 흔히들 시경이라 부르는데, 이곳에 모든 출입 언론사의 캡들이 모여 취재를 진두지휘한다. 공유할 정보는 공유하고 타사 모르게 진행해야 하는 취재는 은밀하게 지휘한다. 그곳은 한마디로 전쟁터다. 캡은 서울시를 종로, 강남, 영등포, 마포 등 8개 구역으로 나눠 각 지역에 1진 기자를 배치하는데 1진 기자는 아침 7시까지 캡에게 라인 보고를 해야 한다. 캡은 시경에 있는 내선 전화로 보고를 받는데 보고가 허술하면 그 자리에서 혼쭐이 난다.

내 첫 캡이었던 민경의 기자와의 통화 내용은 주로 이랬다.

"선배, 강남 라인 보고하겠습니다."

"엉."

"어젯밤 강동 방향 올림픽대로에서 2중 추돌 사고가 있었습니다."

"사망자는?"

"없습니다."

"패스. 딴 건?"

"오늘 별다른 특이 사항은 없습니다."

"없어? 야 일 똑바로 안 하냐. 오늘 신문도 안 봤냐. 강남 얘기가 여기저기 다 실렸는데, 신문 안 보냐. 나만 보라 이거냐!"

이 같은 말을 약 5분 정도 듣는다. 캡의 꾸지람(?)은 참 맛깔났고, 길었다. 꾸지람이 너무 길어 수화기에서 귀를 떼어놓는다는 기자도 있었고, 사투리가 심해 통화 내용을 녹음해두는 기자도 있었다. 지시 사항을 잘못 파악해 시키지도 않은 일을 했다가는 또다시 꾸지람 참사를 견뎌야 하기 때문이다.

캡은 8개 라인의 1진들에게 공히 꾸지람을 퍼붓고 아침 보고를 마무리한다. 라인 보고가 끝나면 각 라인 1진들은 전화를 걸어 서로 위로를 건넨다. 얼마나 길게 통화했는지, 오늘 캡의 기분은 어떤 것 같은지 등의 정보를 주고받으며 오늘 하루를 어떻게 견뎌야 할지를 논의하는 것이다. 이렇게 아침 보고 시간이 지나면 그때부터 캡은 취재 지시를 내린다. 서울시에 있는 모든 경찰서에서 일어나는 사건들이 머릿속에 있어야 하고, 그 경중을 파악해 오늘 리포트 할 걸 골라내는 게 캡의 역할이다.

취재 지시를 마친 캡은 저녁 6시쯤 회사로 들어온다. 또 한번 전쟁을 치르기 위해서다. 회사로 들어온 캡은 취재기자들 사이를 돌아다니며 기사를 확인하고 소리를 질러댄다.

"팩트로 마무리하라니까!"

"기사에 멋부리지 말라고."

"또 까먹었냐? 현장이 중심이다!"

뿐만 아니라 후배들이 올린 기사가 데스킹 과정에서 문제를 겪을 때면 앞장서서 데스크와 부장에게 항의를 해주기도 했다.

"이건 가야 합니다."

"제가 책임지겠습니다."

"문제없습니다."

캡은 늘 뒤에 숨지 않고 앞으로 나섰다. 그리고 후배들의 기사가 잘 나가는지 뉴스를 보며 하루를 정리한 뒤 술 좋아하는 후배 기자 몇을 데리고 목을 축이러 나갔다. 술은 무조건 폭탄주였고, 다 같이 파도를 타며 마셨다. 새벽까지 이어지는 술자리에서 캡은 후배들과 격의 없이 기사를 두고 논쟁했다.

캡은 자주 집에 들어가지 않았다. 본인이 맡은 일의 엄중함을 알았고, 헌신했다. 그 마음을 알기에 숱한 혹평을 들어도 후배들은 캡의 말을 절대적으로 따랐고, 이십여 명의 젊은 기자는 캡의 지휘 아래 일사불란하게 움직였다. 나는 캡에게 기자 정신을 배웠고, 일에 대한 헌신을 배웠다. 캡을 그만둘 때 선배의 몸은 많이 망가져 있었다.

6년 보도국 생활을 마무리하고 아나운서국으로 떠나게 됐을 때 선배는 내게 문자 한 통을 보냈다.

　— 짧지 않은 기간, 동상과 함께했던 시간은 행복이었고, 위안이었어. 사실, 그동안 동상한테 기자라는 업에 대해 괜한 압박만 준 게 아닌가 하는 미안함이 컸네. 특히, 보도국을 둘러싼 힘든 시간이 쌓여갈 때마다 더욱 그랬던 것 같아. 거듭 축하해. 잘됐구만. 이제, 여기서 쌓았던 좋은 것들만 안고 훌훌 떠나시게. 나로서는 많이 서운하지만, 새롭게 떠나는 장도에 설레는 박수를 보내네.

—
저희 그렇게
불쌍한 사람들 아니에요

어릴 적 내 꿈은 문화부 기자였다. 마음껏 책과 공연을 볼 수 있다니, 그리고 기사만 쓰면 된다니 이 얼마나 행복한 업일까. 막상 문화부 기자가 돼보니 꿈과 현실은 많이 달랐지만 그래도 문화부 일을 하는 건 즐거웠다. 출입처에 적응을 하고 좀더 신선하고 의미 있는 기사는 없을까 고민을 하던 즈음 선배 기자가 말했다.

"종환아, 이 시대 연극인들의 얘기를 들어보면 의미 있지 않을까? 술도 한잔 마시면서 인터뷰하면 더 진솔한 얘기도 나오고 좋을 것 같은데."

뉴스에서 술을 마신다? 요즘에야 TV와 유튜브를 통해 술 마시며 하는 방송을 흔하게 볼 수 있지만 당시만 해도 파격으로 여겨졌다.

취재를 위해 좋은 극단을 찾아야 했다. 큰 수익을 내지는 못하더라도 꾸준히 의미 있는 공연을 올리는 극단을 찾고 싶었다. 나는 지인을 통해 알게 된 대학로의 한 극단을 무작정 찾아갔다. 취재 계획을 설명하고 인터뷰를 요청했지만 극단 대표는 정중하게 거절했다.

"우리 극단은 적절치 않아 보여요. 우리보다 더 작고, 그래서 어려운 극단이 많거든요. 젊지만 깊이 있는 공연을 하는 극단을 찾아보시는 게 좋을 것 같아요. 몇 군데 소개할게요."

몇 곳을 소개받아 극단의 공연 리뷰를 모두 살핀 끝에 나는 마음에 쏙 드는 극단 하나를 발견할 수 있었다. 연출가와 작가는 30대 중반이었고 배우 대부분은 20대 청년들이었는데, 올리는 작품마다 좋은 평가가 줄을 잇고 있었다. 나는 이들이 연극 무대를 지키는 이유를 듣고 싶었다.

극단 홍보 담당자와 통화를 했다. 앳된 목소리의 여성. 배우이면서 동시에 홍보를 맡고 있다고 자신을 소개했다. 우리는 대학로의 한 소극장 앞에서 만났다.

"안녕하세요. 연락드린 MBC 전종환 기자입니다."

"안녕하세요."

117

짧은 대답이었다. 낯선 기자를 경계하는 기색이 역력했다.

"연극하는 분들의 이야기를 듣고 싶어 찾아왔습니다. 영화나 대형 뮤지컬이 더 각광받는 시대잖아요. 그럼에도 연극 무대를 지키는 이유를 듣고 싶었습니다."

"아…… 그러세요?"

보통 대형 극단들에서는 관련 취재를 하겠다고 하면 흔쾌히 도움을 주는 편이었는데 반응이 영 뜨뜻미지근했다. 홍보 의지가 느껴지지 않았다. 나는 말을 이어갔다.

"공연 뒤풀이 자리에 함께 참석하고 싶어요. 술자리 풍경을 자연스럽게 찍고 싶습니다. 젊은 배우들의 고민도 듣고 싶고요."

잠시 흐르는 침묵. 시간이 얼마나 지났을까. 예상치 못한 답변이 돌아왔다.

"저…… 기자님."

"예, 말씀하시죠."

"저희 그렇게 불쌍한 사람들 아니에요."

한 방 맞은 느낌. 순간 정신이 멍해졌다. 취재를 청하는 내 접근 방식에 문제가 있었던 것인가? 그럴 수도 있겠다. 어찌 보면 기자에게 뉴스 제작은 그저 일일 뿐이다. 취재를 하고, 기사를 쓰고, 무사히 보도가 나가면 그만이다. 퇴근 후 내 일상은 언제나 그랬듯 그대로 흘러가기 마련이니까. 하지만 그에게 이건 다른 문제였다. 이들에게 연극은 일이면서 삶이었고 자존심이었다. 그걸 간과했다. 정신을 차리고 자세를 고쳐 앉은 뒤 나는 처음부터 다시 설명을 시작했다. 왜 이 뉴스를 만들고 싶은 건지, 배우들의 모습을 어떻게 담고 싶은지, 어떤 톤으로 기사를 쓸 건지, 앞서보다 열 배는 더 자세히 그리고 정중하게 설명했다. 진심이 느껴진 걸까. 남아 있는 께름칙한 표정은 숨길 수는 없었지만 그는 취재에 응하기로 결정해주었다.

나는 이 기사만큼은 유독 더 잘 쓰고 싶었다. 퇴근 후 몇 번이나 극장을 찾아가 연극을 보고 또 봤다. 가난하지만 꿈을 잃지 않으려는 우리 이웃들의 이야기가 대학로 연극 무대에서 매일 밤 마법처럼 이어지고 있었다. 취재 당일 나는 연출부터 막내 스태프까지 십여 명의 연극인과 공연 뒤풀이 자리에 참석했다. 함께 술을 마시고 취중 인터뷰를 할 작정이었다. 우리는 두 시간 가까이 대화를 나누고 술을 마셨다. 나도 취했고, 배우들도 취했다. 몇 번이나 극장을 찾았기 때문인지 그들의 낯선 이에 대한 경계심은 많이 허물어져 있었다. 본격적으로 배우들과 인터뷰를 시작했다.

배우 A

"저는 연세대학교 경영학과에 다니고 있어요. 그런데 제 친구 여덟 명이 모이면 그중에 여섯 명이 고시 공부를 하고 있더라고요. 그게 제 몸에 안 맞더라고요. 병이 날 것만 같고. 그래서 배우를 시작했습니다."

배우 B

"정말 하고 싶어서 연극배우를 시작했습니다. 그렇지만 부모님이 걱정을 많이 하시죠. 부모님 기대에서 자유로울 수는 없는 것 같아요. 제 또래 배우 중에 TV에 나오는 분들이 많잖아요. 부모님 입장에서는 비교를 하실 수밖에 없고. 마음이 무거워지죠."

배우 C

"저는 제주도에서 올라왔어요. 저 욕심 있는 배우입니다. 꿈이 큽니다. 그래서 연극을 합니다."

작가

"근사한 드라마 속에서는 절대로 주인공이 될 수 없는 그런 인물들이 있어요. 그런 인물들을 제 연극에서는 주인공으로 만들고 싶어요. 그들에게도 똑같은 무게의 이야기들이 있거든요."

연출

"연극이 세상을 바꿀 수 있느냐고 물으시면 글쎄요, 한 번에 세상
이 바뀌지는 않는다는 걸 모르는 사람은 없다고 봅니다. 하지만 이
렇게 작게 말하는 목소리들이 천천히 바꾸는 힘이 가치 있다고 생
각하거든요."

취재와 인터뷰 모두 무사히 끝났다. 하지만 일이 끝났다고 바로
집으로 돌아올 수 없어 나는 밤새도록 이들과 술을 마셨다. 다음날,
아침 일찍 회사로 나와 기사를 썼다. 몇 시간 전 술자리의 느낌을 조
금도 놓치고 싶지 않았다. 한마디 한마디 허투루 버릴 수 없는 배우
의 말들. 나는 그 어느 때보다 정성 들여 기사를 작성했다.

당시 만났던 배우들이 활동하는 모습을 지금도 나는 멀리서 지켜
보고 있다. 누군가는 여전히 연극 무대를 지키고 있고, TV 드라마와
영화에서 활약하는 배우도 있다. 다양한 매체에서 이들을 볼 때마
다 그렇게 반가울 수가 없다. 저희 그렇게 불쌍한 사람들 아니에요.
지금도 나는 이 말을 종종 떠올려본다. 이 말의 서늘함을 나는 기자

생활을 하는 내내 마음에 품고 살았다.

—

안 될 이유를 찾다보면
되는 취재는 세상에 얼마 없다

"해외 출장 아이템 발제해라."

캡의 명령이 떨어졌다. 발제만 잘하면 해외 취재 경험을 쌓을 수 있는 좋은 기회였다. 평소 가깝게 지내던 조국현 기자가 아이디어를 냈다.

"선배, 온난화 한번 하죠. 북극이 더워지면서 녹는다잖아요. 그렇게 녹은 얼음이 흘러내려서 남태평양 섬이 물에 잠기고 있대요. 섬이 없어진다는 거예요. 할 만한 주제 아닐까요?"

우리는 관련 자료를 취합한 뒤 발제했다. 며칠 뒤 캡에게 전화가 왔다.

"북극 가라. 비행기표 준비해."

갑작스러운 해외 출장 준비에 분주해졌다. 그린란드 남부는 이미 온난화가 상당히 진행돼 농사까지 짓는다고 했다. 북극에서 농사짓는 모습이라…… 흥미로웠다. 취재팀을 둘로 나눴다. 현지 코디와 카메라기자를 그린란드 남부로 보내고, 나는 다른 카메라기자와 함께 그린란드의 중심 도시인 일루리사트를 찾기로 했다. 그곳에서 반나절이면 수천 년 역사를 간직한 얼음층, 내륙빙하를 만날 수 있다. 내륙빙하가 녹아내려 지구 수면이 상승한다고 하니 그 현장을 취재하고 싶었다.

나는 북극으로, 조국현 기자는 남태평양의 섬 투발루로 향했다. 열 시간 넘는 비행 끝에 취재팀은 덴마크에 도착했다. 그런데 목적지에 도착했을 때 예상치 못한 문제가 발생했다. 남부로 향한 팀이 기상 악화로 발이 묶였다는 소식이었다. 며칠 동안 비행기가 뜨지 않을 수도 있다고 했다. 현지 코디와 합류해 본격적인 취재를 하려던 계획이 틀어졌다.

가장 큰 문제는 언어였다. 통역 없이 그린란드 현지인인 이누이트를 취재해야만 했다. 나는 영어가 짧았고, 이누이트는 영어를 못했다. 취재를 무사히 마칠 수 있을까? 식은땀이 흘러내렸다. 캡의 성난 음성이 환청처럼 귓가에 맴돌았다.

일단 푸근한 인상의 호텔 사장을 내 편으로 만들기로 했다. 다행히 덴마크인 호텔 사장은 영어에 능통했다. 나는 서툰 영어로 내 사정을 설명했다.

"I'm from south korea. I'm a journalist. Very big company in South Korea. I've got a big problem."

그는 나를 빤히 바라봤다. '얘가 나한테 뭔 말을 하려는 거지'라는 표정이었다. 나는 그저 환하게 웃었다. 밝고 착한 사람으로 보이고 싶었다. 바다로 나가 녹아내리는 빙하를 취재하기 위해 반드시 배가 필요했다.

"I need a ship. Where can I borrow a ship? I have enough money. Don't worry about that."

진심이 전달된 걸까. 호텔 사장은 잘 아는 여행사 사장이 있다며 연결해주겠다고 했다. 해결의 실마리가 보였다. 호텔 사장의 소개로 여행사 사장을 만났다. 사업을 하는 사람인 만큼 정확하게 돈 냄새를 맡았다. 절박해 보이는 외국인이 배를 구한다고 하니 얼마나 좋았을까. 그는 과거 BBC에서 녹아내리는 빙하를 취재해 간 적이 있다며 당시에도 본인이 큰 도움을 줬다고 자랑했다.

나는 우리 회사가 한국의 BBC라고 강조하며 배를 싸게 빌려달라고 연신 당부했다. 몇 차례의 협상 끝에 우리는 합의를 이끌어냈다. 나와 여행사 사장 모두 영어가 서툴렀지만 절박하니 통했다. 서로 포옹하며 고맙다고 말한 뒤 취재에 돌입했다. 바다로 나가 녹아내리는 빙하를 찍었고, 특수 차량을 빌려 내륙빙하까지 진입해 취재를 마쳤다. 그린란드 말에 능통한 코디는 여전히 기상 악화로 발이 묶여 있었다.

캡에게 전화가 왔다.

"취재는 잘되고 있어?"

"예, 캡. 간신히 마쳤습니다."

"그래? 기왕 북극까지 갔으니 하나 더 만들어 와. 이미 그렇게 보고했어."

"예?"

"왜, 힘드냐?"

"캡, 죄송한데 현지 코디가 다른 지역 취재하러 갔다가 발이 묶여서요. 한 꼭지를 더 만드는 건 현실적으로 어렵습니다."

"됐고. 무조건 해 와. 내일까지 아이템 보고해라."

"캡! 도저히 그건……"

뚜뚜뚜뚜. 캡은 전화를 끊었다.

아이템을 찾아야 했다. 일루리사트 시내를 돌아봤다. 뭘 만들어 볼까 고민하며 걷던 중 저 멀리 태권도장이 보였다. 이야기를 만들 수 있을 것 같았다. 신나서 캡에게 전화를 했다.

"캡! 찾았습니다. 북극에 태권도장이 있습니다! 북극의 태권도 열풍! 어떻습니까?"

"……"

"캡?"

"야, 그게 말이 되냐? 태권도장 하나 있다고 열풍이냐?"

한참 혼쭐이 났다.

"이제 보고하지 말고 니가 알아서 찾아."

"예……"

호텔 사장에게 또다시 자문을 구했다.

"얘기 될 만한 게 없을까요? 현지인이니까 잘 아실 거 아니에요. 뭐라도 만들어야 합니다."

고민 끝에 호텔 사장이 아이디어를 줬다.

"북극이 따뜻해지면서 직업을 바꾸는 원주민들이 늘었어요. 사냥

하던 사람들이 이제는 외국계 통조림 회사에 취직하고, 택시 운전하고 그래요."

좋은 아이템이었다. 직업을 바꾼 북극 사냥꾼과 현지에 진출한 덴마크 기업 관계자를 만나 취재했다. 전쟁 같은 열흘 출장이 끝나가고 있었다.

취재 현장은 돌발 변수로 가득하다. 돌이켜보면 어느 취재도 일사천리로 진행된 적은 없었다. 완벽하게 사전 취재를 마쳐도 현장은 늘 어렵기만 하다. 기자에게 위기관리 능력이 반드시 필요한 이유다. 막 입사한 기자들이 자주 하는 말이 있다.

"도저히 안 됩니다."

"방법이 없습니다."

안 될 이유를 찾다보면 되는 취재는 세상에 얼마 없다. 주어진 조건 안에서 최선의 선택을 이어가야만 간신히 돌파구가 마련된다. 조국현 기자도 남태평양의 섬에서 무사히 취재를 마치고 돌아왔다. 말이 무사히지 조기자도 중간중간 취재를 접을 뻔한 여러 고비가 있었다고 했다.

몇 달 뒤, 낯선 번호로 전화가 왔다. 우리 뉴스가 모나코에서 열리는 몬테카를로 TV 페스티벌 결선에 진출했다는 소식이었다. 언감생심 생각지도 못한 낭보였다. 당시 조국현 기자는 사회부를 떠나 있었고, 나는 남아 있었다. 그런 이유로 나만 모나코로 날아가 국제 TV 페스티벌에 참가했다. 수상에는 실패했으나 뭐 어떠랴. 잊지 못할 북극의 추억이었다.

—
저희도 다
아는 방법이 있습니다

제보를 받았다. 서울 강남의 6개 학원이 SAT 시험문제를 빼돌린 혐의로 검찰 수사를 받고 있다는 거였다. 미국 대학에 가기 위해서는 우리나라 수능 시험과 같은 SAT 시험을 치러야만 한다. 강남의 일부 학원들이 문제를 유출해주는 대가로 많게는 8백만 원을 수업료로 받는다 했다. 믿기지 않았다.

대학 입시는 그 사회의 공정성과 관련된 가장 중요한 사안인데 이렇게 허술하게 관리된다는 게 이해가 되지 않았다. 미국 SAT 시험은 문제은행 방식으로 출제된다. 때문에 특정 주기로 시험문제가 반복됐고, 이 패턴을 파악한 국내 학원들이 전문 브로커를 통해 문제를 빼돌린다는 거였다.

"아니, 그럼 문제은행식 출제 방식이 잘못된 거 아닌가요?"

"무슨 말이죠?"

"패턴을 파악하게 만들면 안 되는 거잖아요."

제보자는 내 말에 수긍하며 고개를 끄덕였다.

"맞아요. 그런데 그 허점을 이용해 문제를 유출하는 나라는 우리나라밖에 없더라고요."

"우리나라만 유출한다고요?"

"외국은 유출 시도 자체가 없어요. 아예 상식 밖의 일이라 시도하는 사람이 없다는 거죠."

문제의 본질은 출제 방식이 아니라 입시라면 물불 안 가리는 우리나라의 문화였다. 이처럼 비싼 돈을 내면서까지 시험문제를 유출한 이들은 주로 외국 유학생들이었다. SAT 점수가 성에 안 차는 유학생들이 한국에 들어와 이런 방식으로 점수를 올린다고 했다. 심각한 문제였고, 국제적 망신이었다.

보도가 나가자 셀 수 없을 만큼 많은 제보가 이어졌다. 뉴스를 봤다며 유사한 사례를 알고 있다는 내용이 주를 이뤘다. 강남의 한 어학원 원장은 학원 강사가 아르바이트생에게 유출을 지시한 증거를 제공했다. 나는 공신력을 높이기 위해 SAT를 주관하는 ETS 미국 본사로 입수한 자료를 보냈다. ETS는 불법 유출 여부에 대한 검토에 착수했다며 한국 검찰에 자료를 넘기겠다고 했다. 이 같은 내용을 담아 SAT 수사 관련 속보를 추가 보도했다.

보도가 나간 뒤 또다시 추가 제보가 이어졌다.

"전기자님, 내일 검찰에서 ○○학원하고 ○○학원을 추가 압수수색 한다고 해요."

검찰의 수사가 확대되고 있다는 증거였다.

"그런가요? 몇시에 하는지는 모르시고요?"

"예, 그것까지는 모르고요."

좋은 제보였으나 스멀스멀 고민이 몰려왔다. 보도는 할 만큼 했으니 이제 SAT에서 손을 떼고 다른 아이템 취재에 돌입하고 싶었다. 한겨울에 언제 올지도 모르는 검찰 조사관을 기다리고 싶지도 않았다. 나는 효율적이고 싶었다. 고민 끝에 1진 선배에게 물었다. 선배는 어이없다는 듯이 말했다.

"종환아, 정신 차려. 나라면 며칠을 기다려서라도 단독 보도 하나 더 하겠다."

정신이 번뜩 났다. 빌어먹을 효율 같으니…… 기본조차 안 된 놈이라 스스로를 자책하며 아침부터 학원 앞에 매복했다. 숨어서 검찰이 오기만을 기다렸다.

오후 3시쯤이나 됐을까. 갑자기 학원 앞이 분주해졌다. 몇몇 사람이 재빠르게 학원을 드나들었다. 학원 강사로 보이는 사람들이 밖으로 나와 담배를 피워댔다. 뭔가 일이 터진 게 분명했다. 학원으로 진입했다. 예상대로 검찰이 압수수색을 진행하고 있었다. 현장 단독 취재였다.

취재를 마치고 재빨리 다음 학원으로 옮겨갔다. 이미 압수수색을 마친 검찰 조사관과 학원장이 이야기를 나누고 있었다. MBC 기자임을 밝히자 조사관이 놀란 표정을 지으며 물었다.

"아니, 저희가 압수수색 하는지 어떻게 아셨어요?"

잠시 고민하다 답했다.

"저희도…… 다 아는 방법이 있습니다."

날도 추운데 갈까 말까 고민하던 놈의 답변치고는 꽤 그럴듯했다. 그래, 효율보다는 성실이 먼저고, 머리 빠른 놈이 발 빠른 놈 못 이기는 거지. 누구 못지않게 게으른 나는 기자 생활 내내 SAT 취재의 교훈을 되새겼다.

—
그래서 기자들은
자신만의 '빨대'를 찾게 된다

어느 날 캡에게 전화가 왔다.

"종환아, 강남서에서 성형외과 압수수색 했다고 한다. 알아봐라."

기자에게 반드시 필요한 덕목 중 하나는 사실 확인 능력이다. 압수수색 했다는 증언만 가지고는 기사를 쓸 수 없기 때문에 반드시 경찰 관계자에게 사실 여부를 확인해야 한다.

확인은 어떻게 하는가? 먼저 어떤 부서에서 수사를 담당하는지 알아야 한다. 성형외과 압수수색은 수사과 담당이었다. 가장 쉬운 방법은 수사과장을 찾아가 단도직입적으로 묻는 거다.

"성형외과 압수수색 하셨죠?"

경찰이 기자를 상대로 거짓말을 할 수는 없다. 때문에 담당 과장은 "맞습니다"라고 답할 거다. 간단하고 확실하지만 거의 쓰지 않는 방법이다. MBC가 사건을 취재한다는 걸 알게 된 수사과장이 해당 사건을 모든 언론에 공개할 가능성이 높아지기 때문이다.

경찰은 특정 언론에만 보도가 나가는 걸 반기지 않는다. 기왕 고생해서 수사한 내용을 모든 언론에 배포해 널리 알리고 싶은 마음이 크다. 자칫 특정 언론에만 보도가 나갔다는 이유로 타 언론사의 항의를 받을 수도 있다. 그래서 기자들은 자신만의 '빨대'를 찾게 된다. 서장, 과장, 계장 등의 공식 라인을 통하지 않고 은밀하게 사건을 확인해줄 사람이 필요한 거다. 일선 형사들이 그 대상이다. 하지만 일선 형사들의 마음을 얻기란 쉽지 않다. 자칫 기자에게 정보를 줬다가는 징계의 대상이 될 수도 있다. 평소에 미리미리 형사와 가까워져야만 하는 이유다. 아무 사건이 없을 때도 커피 한잔 같이 마시고 밥도 먹고 술도 마셔야 필요할 때 도움을 받을 수 있다. 일면식도 없는데 대뜸 전화를 걸어 사실 확인을 부탁할 수는 없는 노릇이다.

다행히 강남경찰서 수사과에 평소 가깝게 지내던 형님이 있었다. 나는 조심스럽게 문자를 보냈다.

— 형님, 종환이에요. 강남 성형외과 압색 들어갔다는데?

답장이 왔다. 짧고 명료했다.

— 응.

일단, 압수수색은 확인됐다. 이제 강남에 있는 수백 개의 성형외과 중 어느 병원이 압수수색을 당했는지 알아야 했다.

'형님, 병원 이름 좀 부탁해요'라고 묻고 싶은 마음이 굴뚝같았지만 그럴 수는 없었다. 기자와 경찰 사이에도 서로 지켜야 할 선과 예의가 있다. 아는 정보를 확인해볼 수는 있어도 내가 모르는 수사 정보 공개를 요구하는 건 무리다.

— 확인 감사해요, 형님!

나는 한발 물러섰다. 압수수색을 당한 병원을 직접 알아내야 했다. 강남에는 수백 개의 성형외과가 있지만 경찰이 압수수색을 했다면 이미 업계에 소문이 파다할 거라 짐작이 됐다. 성형외과를 이용한 경험이 있는 주변 지인들에게 전화를 돌렸다. 알고 있는 병원 사무장이 있으면 압수수색 당한 병원을 아는지 물어봐달라 부탁했다. 속속 답변이 도착했다. 아홉 군데의 성형외과 리스트가 작성됐다. 리스트를 바탕으로 다시 확인이 필요했다. 수사과 형님에게 문자를 넣었다.

— 형님, 병원 이름 확인 좀 부탁드려요.

세계, 평화, 동계, 올림픽…… 9개 병원 이름을 썼다. 답이 왔다.

— 평화, 올림픽은 처음 듣는데……

나머지는 맞단 얘기였다.

— 감사합니다!

마지막으로 병원을 돌아다니며 압수수색 사실을 확인했다. 그러고 나서야 기사를 쓸 수 있었다. 기사를 완성하고 저녁 6시쯤 강남서 수사과장에게 전화를 했다.

"과장님, 전종환 기자입니다. 저희 오늘 성형외과 압수수색 기사 나갑니다."

"뭐요? 어떤 거요?"

"성형외과 압색이요."

"어이쿠. 아직 수사 진행중인데 어떻게 아셨대? 큰일이네."

저녁 6시에 연락을 한 건 경찰이 다른 언론사에 자료를 제공할 시간을 주지 않기 위해서다.

"예. 취재는 마무리됐어요. 기왕 나가는 거 몇 가지 사실 확인 부탁드려요, 과장님."

"아. 어쩔 수 없죠. 말씀하시죠."

취재하지 못한 몇 가지 궁금했던 부분을 담당 과장을 통해 확인했다. 비로소 모든 확인 과정이 끝났다. '확인해봐' 명령에서 시작된 기사는 이렇게 수차례의 확인을 거쳐 단독으로 보도됐다.

—

단독은 힘이 세다

기자 세계에서 '단독'은 힘이 세다. 모든 기자가 단독 보도를 위해 열심히 뛰는 이유는 그것으로 능력을 평가받기 때문이다. 타사와의 경쟁에서도 단독 보도는 능력을 평가하는 중요한 잣대가 된다. 힘있는 단독 보도를 하고 기자실에 앉아 있으면 으스대는 마음이 들기도 한다.

때때로 단독 보도는 세상을 바꾸기도 한다. JTBC의 태블릿 PC 보도가 대표적인 예이다. 그 보도로 오만하기 짝이 없던 정부가 국민 앞에 고개를 숙였다. 힘있는 단독이었고, 역사에 남을 특종이었다. 태블릿 PC 보도뿐만이 아니다. 집요함으로 일궈낸 단독들이 권력과 힘있는 자들을 견제해온 건 의심의 여지 없는 사실이다.

하지만 단독 만능주의에 빠지는 건 문제가 있다. 단독 보도가 기자 개인의 인정 욕구를 채우는 데 그칠 뿐 오히려 사회에 해악을 끼치는 경우도 있기 때문이다. 앞서 소개했던 강남 성형외과 브로커 단독 보도를 예로 들어보자. 브로커들이 개입해 외국 관광객의 성형 비용이 천정부지로 높아진다는 내용이었다. 냉정히 말해 이 보도가 세상을 더 좋게 만들었나? 혹은 정의 구현에 도움이 됐나? 아마도 아닐 것이다. 이미 성형외과 브로커들은 경찰 조사를 받았고 응분의 대가를 치렀을 것이다. 경찰 입장에서도 축소 은폐할 수사 거리는 아니었다.

세상을 좋게 만든 보도가 아니라면 생각할 거리라도 던져줬나? 그것도 아닐 것이다. 이 기사에는 딱히 생각할 거리가 없다. 그럼에도 당시 이 보도는 강남 라인의 '힘있는 단독'이라는 평가를 받았다. 전형적인 기자 세계의 논리일 뿐이다. 정보를 좀더 일찍 알고 보도해 타사와의 경쟁에서 이겼다는 건데 시민을 바라보기보다는 출입처 경쟁 논리에 빠져든 경우라 생각한다.

단독 기자라는 타이틀을 얻기 위해 잘못된 취재 기법을 택하는 기자도 있다. 검찰 사무실에 몰래 잠입했다 적발되는가 하면 경찰의 서류를 훔쳐 보도했다가 용의자에게 도피 정보를 주기도 했다. 이렇게 무리한 단독도 단독은 단독이고, 이런 보도를 해도 단독 기자는 단독 기자다. 사정이 이렇다보니 확인 안 되는 단독이 남발되기도 한다. 이게 왜 단독인지 어떤 의미의 단독인지 이해하기 어려운 경우도 제법 있는 것이다.

내가 생각하는 좋은 단독 보도는 이렇다. 때때로 정부, 검찰, 경찰과 같은 공공기관 혹은 전문가 집단조차 권력의 압력으로 인해 투명하게 공개하지 않는 사실들이 있다. 경찰의 국정원 댓글 관련 수사가 그랬고, 경찰의 물대포로 인해 사망한 故 백남기 농민의 사망 원인에 대한 서울대병원 측의 입장이 그랬다. 그런 고비마다 힘있는 단독 보도들이 물꼬를 터줬고, 결국 진실은 모습을 드러냈다. 단독 기자들이 집요하게 묻고, 따지고, 취재해 권력자들이 숨기고 싶어하는 사실들을 끝끝내 밝혀낸 거다. 진짜 단독 기자들이 우리가 사는 세상을 조금이나마 더 나은 곳으로 만들어간다.

—

신혼이었습니다

자정에 가까운 시간, 나는 강남의 한 도로에서 건너편을 주의깊게 응시하고 있었다. 1층은 편의점이었고, 나머지 세 개 층은 종합학원인 건물이었다. 내 뒤에는 문지애 아나운서가 타고 있었다.

"오빠, 아직이야?"

그는 잠복 취재를 한다는 말에 재미있겠다며 나를 따라나섰다. 배가 고플지 모르겠다면서 집 앞에서 치킨 한 마리도 포장해 왔다. 어그적어그적 닭 씹는 소리가 귀에 거슬리지 않은 건 아니었다.

며칠 전, 나는 한 학원 강사를 만났다. 그는 자신이 강의하던 학원에서 심야 영업을 하고 있다고 제보했다. 학원비가 3백만 원 넘는다고도 덧붙였다. 명백한 불법이었다.

"제보를 하시는 이유는 뭐죠?"

"학원장과 안 좋게 헤어졌어요. 이유 없이 나를 해고했죠."

"원한인 건가요?"

"꼭 그렇지만은 않습니다. 평소에 문제가 있다고 생각하던 차에 제보한 겁니다."

몇 가지 확인할 부분은 있었지만 통상 이럴 경우 제보자의 말은 믿을 만했다. 제보자는 흥미로운 사실을 한 가지 더 알려줬다.

"대놓고 심야 교습을 하면 단속되기 쉽습니다. 그래서 학원장은 1층 편의점을 인수했어요."

"오, 그렇게까지요?"

"예. 심야 교습 제한 시간인 밤 10시가 지나면 건물 셔터까지 다 닫습니다. 밖에서 보기에는 명백히 영업이 끝난 거죠. 하지만 12시 넘으면 학생들이 편의점 문을 통해 나올 겁니다."

'강남의 학원에서 불법 심야 영업을 한다.' 이것만으로는 뉴스 가치가 떨어진다. 강남 대치동의 학원에서 암암리에 불법 영업을 한다는 건 다들 짐작하는 내용일 것이다. 하지만 편의점까지 인수해 불법 영업을 한다면 얘기가 좀 달라진다. '해도 너무하네'라는 공분을 일으키기 충분하다. 그렇게 본격적으로 잠복 취재에 돌입했다.

문지애 아나운서는 계속해서 닭을 씹고 있었다. 치킨 한 마리를 혼자 다 먹어치울 것만 같았다. 왜 학생들이 안 나오는지, 이러다 취재에 실패하는 건 아닌지, 나 혼자 안절부절못했다. 이런 내 마음을 아는지 모르는지 그는 세상 만족한 표정으로 말했다.

"바삭한 게 치킨이 맛있네."

"그렇구나."

"오빠, 근데 왜 아무도 안 나와?"

"……"

문지애 아나운서는 참 밝았다. 그때, 수업을 마친 학생들이 하나둘 편의점에서 나오기 시작했다. 들어간 학생은 없는데 나오는 학생은 있었다. 나는 학생들이 나오는 장면을 휴대전화로 찍으며 그에게 말했다.

"지애야, 편의점에 들어가서 영상 좀 찍어 와."

"응! 알았어!"

"일단 편의점에서 라면을 사 먹어. 자연스럽게 라면을 먹으면서 영상을 찍으면 돼."

"응! 좋았어!"

"편의점 안에 문이 있을 거야. 거기서 학생들 나오는 걸 찍어주면 돼."

통닭을 다 먹은 문지애 아나운서는 신난다며 편의점 안으로 들어갔다. 5분 뒤 그가 돌아왔다.

"내가 다 찍었어!"

통닭값이 아깝지 않았다. 나오는 학생들을 끝까지 확인한 뒤 우리는 집으로 돌아왔다. 새벽 2시까지 이어진 잠복 취재였다.

이제 학원비를 확인해야 했다. 40대 후반 여성을 촬영 요원으로 섭외했다. 첫달 학원비는 350만 원. 다음달부터 3백만 원을 받는다고 했다. 불법 심야 영업을 하면서 학원비 상한액의 두 배 이상을 받고 있던 거다. 단속의 위험을 무릅쓰고 가르치는 만큼 더 비싼 학원비를 받아야 할 터였다.

마지막으로 현장을 급습했다. 학원 안으로 들어가기 위해서는 단속반과의 동행이 필요했다. 강남교육청과 협의해 함께 단속에 나섰다. 자정 무렵 취재진이 학원에 들이닥쳤다. 당황한 학원장에게 물었다.

"심야 교습하시는 거 맞나요?"

원장은 당황했다.

"아…… 학생들이 있긴 합니다. 그런데 심야 교습은 아니고 자습

145

을 하고 있을 겁니다."

원장의 말을 확인하기 위해 불이 켜져 있는 강의실로 들어갔다. 여러 개 강의실에서 자습이 아닌 교습이 이뤄지고 있었다. 학원장이 한숨을 크게 쉬고 나서 인정했다.

"심야 교습한 게 맞습니다."

뉴스에 보도가 나간 날, 문지애 아나운서는 자신이 찍은 영상이 뉴스에 나왔다며 뛸 듯이 기뻐했다. 치킨집에서 통닭을 사온 우리는 합동 잠복 취재를 기념하며 기분 좋게 맥주를 마셨다.

—
드물게 캡은 끊지 않고
끝까지 내 말을 들어줬다

아나운서에서 기자가 되기 위해 동분서주하던 무렵, MBC기자회는 공정 방송을 요구하며 제작 거부에 돌입했다. 곧이어 MBC노동조합이 파업을 시작했다. 회사는 노조 집행부 열여섯 명을 고소하고 대체 인력을 채용하는 강수를 뒀고, 파업은 장기화됐다. 결국 겨울에 시작한 파업이 여름이 돼서야 마무리됐다. 결과는 패배였다. 파업에 참여했던 나는 용인에 위치한 MBC 드라마 세트장으로 발령을 받았고, 몇 달 뒤 '업무 복귀를 위한 기본 교육'이라는 미명하에 MBC아카데미에서 제과 제빵 등의 교육을 받았다. 우리는 그곳을 삼청교육대에 빗대어 신천교육대라 칭했다.

그 시절 나는 주로 당구를 쳤다. 아나운서를 할 때 가깝게 지낸 박

경추, 김정근 선배와 함께였다. 우리는 당구를 치며 낄낄거리다 날이 어두워질 때까지 맥주를 마셨다. 회사 얘기는 웬만하면 입에 올리지 않았다. 견뎌야 하는 시간이었다. 당시 신혼이었던 나는 집에서 많은 시간을 보냈다. 파업이 끝나고 아나운서국으로 복귀한 아내도 힘들기는 마찬가지였다. 믿을 만한 선배들이 사라진 아나운서국에서 일하기가 쉽지 않다고 했다. 방송 역시 주어지지 않았다. 회사는 우리에게 모욕을 주려 했고, 모욕의 끝에는 가늠할 수 없는 무기력이 기다리고 있었다. 각자의 방법으로 모욕에 저항하느라 모두에게 힘든 시절이었다.

그렇게 허송세월하던 차에 캡에게서 전화가 왔다.

"준비 잘하고 있냐. 자빠져 있지 말고 일할 준비하고 있어."

오랜만에 듣는 선배의 목소리가 정겨웠다.

"예, 선배. 알겠습니다."

"오늘 사회부 회식 와라. 명령이야."

"예. 알겠습니다."

캡의 배려로 오랜만에 경찰기자 동료들을 만났다. 회식 자리도, 선후배의 모습도 다들 그대로였다. 마땅히 할말이 없던 나는 빠르게 마셨고 금방 취했다. 술자리가 무르익을 무렵, 옆에 앉은 캡이 넌 지시 물었다.

"종환아, 떠나 있는 마음이 어떠냐?"

"괜찮습니다. 제 행동에 대한 책임이라 생각해요."

"진짜냐? 정말 괜찮은 거 맞아?"

"예. 파업 결과에 따라 누군가는 책임을 지는 게 당연하잖아요."

"그래. 조금만 더 고생해라."

"해직된 선배들도 계시고, 저보다 훨씬 힘든 선배들도 많고요. 괜찮습니다."

드물게 캡은 끊지 않고 내 말을 끝까지 들어줬다.

집에 돌아가는 길, 바이스인 이정신 선배가 타는 택시에 나는 억지로 끼어들었다.

"같이 가시죠, 선배!"

기자 일을 가르쳐준 선배에게 본능적으로 기대고 싶었던 나는 토하듯 말을 내뱉었다.

"다시 기자를 할 수 있을지 모르겠습니다."

선배는 답이 없었다.

"기자로 돌아간다 한들 제가 제대로 일을 할 수 있을지 모르겠습니다."

선배는 창밖만 바라봤다.

"이제 막 들어온 신입보다 제가 오히려 취재 경험이 짧지 않습니까. 이런 제가 무슨 능력으로 기자 일을 해나갈 수 있겠습니까."

선배는 아무 말이 없었다.

"대체 제 인생은 어디로 흘러가는 겁니까. 무섭습니다."

선배는 침묵했다. 나는 잠시도 쉬지 않고 쫓겨난 내 신세를 한탄했다. 술의 힘을 빌려 간신히 붙잡고 있던 이성의 끈을 놓아버렸다. 괜찮다, 괜찮다 했지만 계속되는 불안이 나를 지배하고 있었다. 선배는 내 얘기를 다 들어주곤 별말 없이 택시비를 쥐어줬다. 마땅히 해줄 말을 찾지 못한 선배의 마음이었을 거다. 나도 선배도 그날 이후 택시 안에서의 대화를 입에 올리지 않았다.

—
내 웃음의 허용치는
어디까지인가

짧았던 유배를 마치고 나는 보도국으로 돌아와 다시 기자 생활을 이어갔다. 누군가가 쫓겨나고 그 자리에 새로운 사람들이 들어온 보도국에서 동료 간의 끈끈함은 사치처럼 여겨졌다. 그 누구도 먼저 말을 꺼내지 않았다. 치열하게 토론해야 할 부장과의 대화도 두 마디면 충분했다. 취재기자가 말한다. "기사 올렸습니다." 조금 뒤 부장이 답한다. "출고했습니다. 진행하세요." 일상적으로 나누는 대화는 이게 전부였다. 취재 내용을 묻고, 물은 내용을 바탕으로 기사를 고치고, 고친 기사를 항의하고, 그렇게 해서 최선의 기사를 도출해내려 애쓰던 보도국의 전통은 점차 사라져갔다.

부장과 함께 술을 마실 일은 아예 없었다. 분기에 한 번씩 회식을 했지만 회식을 위한 회식에 불과했다. 고기를 잘근잘근 씹어먹는 동안 우리는 모두 침묵했다. 식사가 끝나고 썰렁한 분위기가 감돌 때쯤 부장이 마무리 인사를 하면 우리는 급하게 헤어졌다. 커피를 함께 마시지 않았고, 점심식사도 따로 했다. 보도국은 정확히 네 편과 내 편으로 나뉘었다. 네 편끼리 밥을 먹으러 나가면 비로소 내 편이 모여 밥을 먹으러 나갔다. 비정상이었다. 그래도 그게 편했다.

하지만 인생이란 게 생각처럼 살 수 없을 때가 있다. 하찮은 일 때문에 부장에게 말을 걸어야만 하는 상황이 종종 생기곤 하는 것이었다. '몸이 아파 하루만 쉬겠습니다' '회식을 못 가게 됐습니다' '휴가 다녀오겠습니다'처럼 하찮아도 보고가 필요한 사항들은 적지 않았다. 말을 섞지 않고 싶다고 내 마음대로 살 수만은 없는 노릇이었다.

부장한테 보고를 하기까지는 많은 고민과 시간이 필요했다. 그리고 매번 이런 시뮬레이션을 반복했다. 하고 싶은 말을 최대한 줄여 두 문장 정도로 요약해본다. 내 말에 정보가 부족해 부장이 질문을 던지지는 않을까 몇 번이고 말들을 점검해본다. 점검이 끝나야 비로소 부장 책상으로 걸어간다. 부장이 짐짓 놀란다. 얘가 왜 왔지,

부장도 당황스러운 눈치다. 놀란 부장을 보고 나도 흠칫 놀란다. 말을 꺼내기도 전에 어색한 기운이 감돈다. 말을 한다. 하필이면 대부분 양해를 구하는 말들이다. 양해를 구하는 내 얼굴에 짧게 번졌을 비굴한 미소가 죽도록 싫다. "그렇게 해요." 추가 질문도 없고, 덧붙이는 말도 없다. 우리는 몇 년 전만 해도 함께 밥도 먹고 서로를 챙겨주던 선후배 관계였다.

답답한 마음에 담배를 피우러 옥상으로 올라가니 다행히 친한 선배가 있었다.

"선배, 어렵네요."

"뭐가?"

"부장한테 뭐 부탁할 때 나도 모르게 미소 지으며 얘기하게 되잖아요. 뒤에서는 그렇게 욕하면서 또 필요한 거 부탁할 때면 웃고 있는 내가 너무 구려요. 참, 어렵네요."

우리는 말없이 연신 담배를 피웠다.

—

내가 아나운서국에 있었다고 해서
달라질 건 없었겠지만

파업 뒤 천천히 망가져간 보도국 못지않게 아나운서국 상황 역시 참담했다. 우선 열한 명의 아나운서가 석연치 않은 이유로 부당 전보를 당했다. 심의국으로, 라디오국으로, 사회공헌실로 동료들이 뿔뿔이 흩어졌다. 마음에 들지 않으면 나도 쫓겨나게 된다는 걸 모두가 알았다. 토론은 사라졌고 이견은 없어졌다. 문제를 제기하면 반대 세력이 됐고, 숙청 대상이 됐다. 전형적인 공포정치였다. 열한 명의 동료들도 그렇게 부서에서 사라졌다.

회사를 떠난 동료도 많았다. 방송이 없어서였다. 방송하기 위해 들어온 회사에서 방송이 없어 떠난다는 데 말릴 방법은 없었다. 방송 배제는 파업 참여자 중심으로 이뤄졌다. 누가, 언제, 왜 배제를 지시했는지는 누구도 말해주지 않았다. 모두가 책임을 위로 돌렸으나 윗자리에 있는 자 역시 자신의 위로 책임을 돌렸다. 도대체 윗선 어디에서 지시가 내려왔는지 알 방법이 없었다. 조직을 위한 어쩔 수 없는 선택이라는 말이 풍문처럼 떠돌았다. 이러한 일들이 이어지는 동안 무려 열두 명의 아나운서가 회사를 떠났다. 사람을 떠나보내는 게 조직을 위한 선택인지 묻고 싶었다. 남자 아나운서의 경우 내 위로 8년간 선배가 없었다. 배제에 대한 공포가 아나운서국에 가득했다.

  길었던 어둠이 그 끝을 향할 무렵, 아나운서 동료 몇몇이 내게 '아나운서국으로 돌아올 마음이 있는지' 궁금해했다. 책임감을 가지고 돌아와야만 한다고 강경하게 말하는 선배도 있었다. 나는 즉답을 피했다. 10여 년의 회사생활 중 절반은 아나운서로 살았고 나머지 절반은 보도국에서 기자로 일했다. 보도국으로 자리를 옮겼을 때 나는 다시 아나운서국으로 돌아갈 마음이 없었다. 기자 사회에서 승부를 보겠다고 다짐했다. 지금의 망가진 보도국이 아닌, 예전에 활기 넘치던 조직에서 좋은 동료들과 어울려 제대로 된 저널리즘을 경험해보고도 싶었다. 하지만 "보도국에는 네가 없어도 되지만 아나운서국에는 네가 필요하다"는 한 선배의 말이 계속 마음에 남았다. 부당 전보된 열한 명의 아나운서 중 특히 오승훈 아나운서가 마음에 걸렸다. 올곧은 이 친구는 공포가 만연한 아나운서국에서 끝까지 바른말을 하다 경영 파트로 쫓겨난 참이었다. 내가 아나운서국에 있었다고 해서 달라질 건 없었겠지만 함께 목소리 내고 같이 쫓겨나지 못해 미안한 마음이 컸다. 몇 년 만에 나는 다시 선택의 기로에 섰다.

그 무렵 신임 사장이 선임된 뒤 새롭게 아나운서국장으로 부임한 강재형 아나운서를 우연히 엘리베이터에서 만났다.

"너, 나랑 일하지 않을래?"

선배의 제안에 나는 돌아갈 마음이 있다고 대답했다. 다만, 새 부서에 이미 발령이 났기 때문에 보도제작국장에게 양해를 구해야 할 거라고 덧붙였다.

"알았다. 내가 연락해볼게."

멀미가 날 만큼 빠르게 인생이 요동치고 있었다. 강재형 선배와 부사장으로 임명된 변창립 선배까지 나서서 복귀를 추진해주었다. 내 인생은 어떻게 되는 건가. 긴장이 넘쳐 연거푸 담배만 피웠다. 아무 일도 못하고 회사 모처에 숨어 있던 차에 보도제작국장에게서 전화가 왔다.

"전종환씨, 내가 이상한 소리를 들어서. 지금 좀 봅시다."

나는 새로 시작되는 프로그램 〈스트레이트〉 취재기자로 며칠 전 발령이 난 상태였다. 판을 다 짜놓았는데 갑작스럽게 부서를 옮긴다고 말하는 건 실은 예의가 아니었다.

국장이 물었다.

"전종환씨 의견은 뭐지?"

"예. 허락해주신다면 아나운서국으로 돌아가고 싶습니다. 파업 시기부터 몇몇 동료들의 요청이 있었고요. 회사 재건의 입장에서 본다면 그곳으로 돌아가 돕는 게 맞다고 판단했습니다. 저도 어찌 될지 몰라 미리 말씀드리지 못했습니다. 죄송합니다."

"응, 알았어. 전종환씨 인생이 달린 문제인데. 음, 일단 본부장에게 보고할게."

"예. 감사합니다. 그리고 죄송합니다."

그리고 며칠 뒤 거짓말처럼 아나운서국으로 인사가 났다.

—
북극을 가리키는 지남철은
무엇이 두려운지
항상 그 바늘 끝을 떨고 있다

아나운서국으로 다시 첫 출근을 했다. 여의도에서 상암으로 회사를 옮긴 뒤 처음 찾은 아나운서국이었다. 사무실도 어색했고, 함께 생활해보지 않은 이들도 많았다. 20대 중반, 뭣도 모르는 대학생으로 입사해 나는 이곳 아나운서국에서 성장했다. 어른에게 필요한 게 어떤 것들인지를 좋은 선배들을 만나 배워갔다. 그렇게 30대가 된 뒤 나는 돌연 아나운서국을 떠났다. 이제 다시 돌아오니 마흔이 코앞이었다.

동료들을 만난 자리에서 나는 조금 긴 인사를 했다.

"2005년에 입사한 전종환입니다. 저는 2011년에 보도국으로 직종 전환을 했습니다. 다른 선배들처럼 부당 전보는 아니었고요, 제

발로 걸어 나갔습니다. 그래서 다른 부당 전보당한 선배들과는 결이 좀 다릅니다. 그뒤 아나운서국에 와본 건 이번이 처음입니다. 미련이 남을까봐 겁이 나 다시 찾지 않았습니다. 하지만 제가 떠난 뒤회사에 여러 사태가 벌어졌고, 예전에 제가 사랑했던 MBC 아나운서국의 모습은 사라졌습니다. 재건해보자는 몇몇 동료들의 청을 들었습니다. 미력이나마 도움이 되고자 아나운서국에 돌아왔습니다. 앞으로 잘 부탁드립니다."

보도국을 떠난다는 소식에 함께 일했던 기자 동료들이 환송 자리를 만들어줬다. 한 선배가 물었다.

"떠나는 소감이 어때?"

"보도국에 처음 온 날과 아나운서국으로 돌아가기로 결정된 날은 선명하게 기억이 나요. 그런데 그동안 무슨 일이 일어났는지는 모르겠어요. 내가 어떻게 기자 일을 했는지도 모르겠고요. 한바탕 꿈을 꾼 것 같아요. 죽을 때 아마 이런 느낌이지 않을까 싶어요. 왔다가 가는데 뭘 했는지는 모르는 느낌. 일장춘몽이 이런 건가 싶어요."

아나운서에서 기자가 됐고, 기자에서 아나운서로 돌아왔다. "북극을 가리키는 지남철은 무엇이 두려운지 항상 그 바늘 끝을 떨고 있다"라고 하신 신영복 선생의 글귀를 찾아 한번 더 읽으며 마음에 새겼다.

다시, 아나운서로서의 내 일상이 시작됐다.

3부

—

다행인 건

범민이 있다는 사실이다

—

안녕하세요,
저 팬이에요

2007년 봄이었다. 여의도 MBC 건물 3층 커피빈에서 나는 훗날 아내가 될 문지애 아나운서를 처음 만났다. 1년 선배가 수습사원을 만나는 자리. 방송과 직장생활의 어려움이나 중요성을 강조해도 모자랄 판에 내가 건넨 말은 이랬다.

"안녕하세요, 저 팬이에요."

문지애 아나운서의 사진을 우연히 본 나는 이미 한눈에 반했었고, 그래서 나도 모르게 나온 말이었다. 아무리 그래도 첫 만남에 꺼내는 말로 적절하지 않았다는 것 정도는 나도 알고 있다. 그는 '뭐 이런 귀여운 녀석이 다 있나' 하는 표정으로 환히 웃었다.

적절치 않기로는 그도 마찬가지였다. 입사한 지 얼마 안 돼 내가 진행하던 주말 아침 스포츠 뉴스를 맡게 된 문지애 아나운서는 내 방송을 참관하기 위해 새벽같이 회사로 나왔다. 일이 다 끝나고 나는 그를 집에 데려다주었다. 아직 새벽이었고, 그에게 차가 없었으며, 집 방향이 같다는 그럴듯한 명분이 있었다. 집으로 가는 차 안에서 이런저런 대화를 나누다 문지애 아나운서가 말했다.

"선배님, 나 좋아하죠?"

수습사원이 할 말은 아닌 것 같아 어이가 없었지만 나도 모르게 웃음이 났고 그래서 그냥 웃었다. 그렇게 우리는 한참을 함께 웃었다.

우리는 몇 년 뒤 진짜 연애를 시작했다. 사내 연애이다보니 비밀에 부치려 했으나 좋아하는 감정을 온전히 숨길 수는 없었다. 동료들이 술집으로 몰려갈 때 우리는 함께 사라졌고, 그런 일이 잦아지자 낌새를 챈 한 선배가 말했다.

"선수끼리 만났구나! 누가 상처받을지 궁금하네. 빅 매치야!"

빅 매치인지 스몰 매치인지는 모르겠으나 사내 연애는 쉽지 않았다. 우리는 본질과 상관없는 문제들로 자주 다퉜고 서서히 지쳐갔다. 한번은 정말 끝이라는 마음이 들 만큼 모질게 싸우고 진짜 헤어졌다. 다시 만날 가능성은 희박해 보였다.

그렇게 한 달이 지났을까. 라디오 부스에서 녹음을 하던 내게 동료 아나운서가 급하게 찾아왔다.

"종환아, 지애 아버지 돌아가셨대. 알고 있어?"

우리는 청담동 성당의 빈소에서 다시 만났다. 헤어진 지 한 달 만이었다. 그는 내 품에 안겨 울었고 나는 말없이 그를 다독였다. 헤어졌다는 사실을 잊은 채 나는 3일 내내 빈소를 지켰다. 발인 날이었다. 새벽부터 흰 눈이 펑펑 내려 땅을 뒤덮고 있었다. 나는 성당 앞마당에 수북이 쌓인 눈을 바라보며 생각했다.

'지애와 나는 결혼을 하겠구나.'

지병으로 고생하시던 아버지가 세상을 떠나며 우리를 결혼시키려는 거라고, 나는 확신할 수 있었다.

결혼은 연애보다 좋았다. 하나보다 둘이 좋았고 별것도 아닌 일로 다투지 않아 좋았다. 아내는 내 말을 경청해줬고 나는 몸을 부지런히 움직이려 애썼다. 잘 들어주는 이가 곁에 있다는 건 큰 힘이다. 아내 덕에 나는 자존감이 높아졌고 조금 더 나은 인간이 될 수 있었다. 오래된 애정에 우정이 스며들었고 그 틈에서 의리라는 새로운 감정이 탄생하고 있음을 우리는 함께 느껴갔다. 그리고 2007년 처음 만나 "팬이에요"라는 말을 건넨 지 10년 만에 우리 사이에 아들이 태어났다. 이름은 범민이라 지었다.

　범민은 나와 아내를 모두 닮았다. 웃을 때면 영락없이 나인데 눈을 동그랗게 뜨고 있는 모습은 아내와 판박이다. 성격도 그렇고 하는 행동도 마찬가지다. 둘 모두 섞여 있다. 그런 범민을 보며 살아가는 게 남은 생의 가장 큰 즐거움임을 매일같이 알아간다. 범민은 아주 오래전부터 우리 셋은 함께였다고 생각한다. 당연하다. 엄마 아빠가 처음 만나 연애하고 헤어지고 결혼한 모든 이야기가 범민에게는 흐릿한 풍문이거나 전설처럼 전해지는 옛날이야기일 테니 말이다. 이제 우리는 셋이다. 셋이 되니 또 새로운 세상이 열린다. 조심스러우나 경쾌하게 셋이서 한발 한발 걸어나가고 싶다.

—
**문지애 남편
전종환입니다**

아내와 나는 1년 터울로 아나운서가 됐다. 방송 실력이 모자라 오랜 시간 헤맸던 나와 달리 아내는 처음부터 제법 방송을 잘했다. 보도, 시사 교양, 라디오, 예능까지 모든 장르에서 돋보였고, 실력만큼 인기도 많아서 금세 스타 아나운서로 자리잡았다. 때문에 우리의 결혼 소식이 알려졌을 때 대부분의 기사가 '문지애 & 전종환 결혼. 전종환 누구?' 이런 식이었다. 댓글도 마찬가지였다. '전종환은 누군가요?' '문지애가 아깝다.' 뭐, 이런 댓글들 말이다. 어쨌든 아내의 유명세 덕에 나는 처음부터 '문지애 남편 전종환'이었다.

하지만 아내에게도 위기는 찾아왔다. 어떤 방법으로든 존재감을 드러내야 하는 살벌한 프리랜서 세계에 쉽게 적응하지 못한 것이다. 게다가 출산까지 하고 나니 아내가 설 자리는 더욱 좁아졌다. 훗날 아내는 당시에 약간의 우울증을 앓았노라고 고백하기도 했다. 하지만 아내는 이 위기 역시 어렵지 않게 돌파해냈다. 유튜브 채널 '애TV'를 통해 자신만의 방식으로 대중과 만나기로 한 거다. 유튜브 크리에이터가 된 아내는 2년 가까이 꾸준히 자신만의 콘텐츠를 만들고 있고, 어느덧 구독자 수가 4만 명을 바라본다. 처음에 촬영만 도왔던 나는 필요에 따라 영상에 모습을 드러내기도 하고, 이제는 책을 소개하는 코너 '문득 전종환'을 정기적으로 진행하고 있다. 뭘 많이 하는 듯 말하고 있지만 결국 유튜브 세계에서도 나는 '문지애 남편 전종환'으로 활동하고 있음이다.

기자 생활을 할 때에도 비슷한 기억이 많다. "안녕하세요, MBC 전종환 기자입니다" 했을 때 단박에 나를 알아보는 사람은 드물었다. 하지만 좀 친해지고 난 뒤 내가 문지애의 남편이고 아나운서 생활을 했던 사람이라고 하면 열에 아홉은 내 존재를 인식했다.

"아…… 문지애씨 남편이시군요?"

가부장적인 문화가 남아 있는 우리나라에서 누군가의 남편으로 사는 건 어떤 기분인지 묻는 사람들도 간혹 있었다. 혹여나 상처가 될까봐 술이 몇 잔 돌아가고 나서야 조심스럽게 묻는 경우가 대부분이었다.

"아내가 더 유명해서 속상하지는 않나요?"

나는 아무렇지도 않다고, 이렇게 사는 게 좋다고 말하지만 그래도 못 믿겠다는 듯 한 번쯤 더 묻는 사람들도 있었다.

"그래도 좀 속상하죠?"

남들이 뭐라 하든 나는 문지애 남편으로 사는 게 마음에 든다. 맨 앞자리보다 살짝 뒤에 서는 게 편한 내 성격 탓도 있을 것이고, 아내와의 관계가 처음부터 그랬던지라 무뎌져서 그럴 수도 있겠다. 아내가 일하면서 생기는 빈 공간들을 남편인 내가 성실히 메워나가는 게 이번 생의 사랑이라고 나는 믿는다.

—

어른이 둘인데
아이 하나를 못 돌봐요?

결혼을 했지만 아내와 나는 누구 하나 아이를 낳자는 이야기를 먼저 꺼내지 않았다. 둘이 함께 사는 게 재미있어서 그랬는지 아이를 갖고 싶다는 생각조차 들지 않았다. 그러던 어느 날, 아내가 처음으로 아이를 갖고 싶다고 말했다. 조심스러운 말투였다. 주변 친구들이 엄마가 되는 모습이 부럽다는 게 이유였다. 평소 아이에 대한 고민을 많이 하지 않았던 나는 좋은 생각이라고, 우리도 부모가 될 때가 된 것 같다고 동의했고 운이 좋게도 2017년 8월 범민이 우리에게 찾아왔다. 범민이 온 건 물론 기쁨이자 축복이었다. 하지만 출산이라는 결정이 우리 삶을 얼마만큼 바꿔놓을지 아는 데는 그리 오랜 시간이 걸리지 않았다.

산후조리원에서 범민을 데리고 집으로 돌아온 날 나와 아내는 에덴동산에서 추방당한 아담과 이브였다. 아이 하나 늘었을 뿐인데 우리의 삶은 송두리째 바뀌었다. 아이는 두 시간마다 깼고, 자비 없이 울었다. 분유를 주고, 소화시키고, 달래서 겨우 잠을 재운다. 나도 좀 자야지. 간신히 잠이 찾아올 때쯤 아이가 다시 운다. 별수 없다. 일어난다. 자고 깨고를 반복하고 반복하면 아침이 찾아온다. 밤은 지나갔으나 잠은 못 잤다. 잘 수 없었다. 그런 하루가 매일이었다.

에덴동산에서 쫓겨난 나는 앞서 추방당했던 모든 이들을 원망했다. 아이를 기른다는 게 이렇게 힘들다는 걸 왜 누구도 경고해주지 않았는가! 불평을 늘어놓는 나에게 한 친구는 답했다.

"충분히 경고했을 거야. 다만 네가 관심이 없었겠지. 관심이 없으니 주의깊게 듣지 않았을 거고."

정곡을 찔린 기분. 돌이켜보니 정말 그랬다. 앞서 에덴동산에서 추방당했던 모든 이들이 육아의 고됨에 대해 경고했었다. 차라리 군대가 낫다, 너의 깃털 같은 삶이 부럽다 등등 돌이켜보면 내가 받았던 경고는 차고 넘쳤다. 다만 주의깊게 듣지 않았을 뿐이었다.

아무리 힘들어도 시간은 흐른다. 우리가 삶을 견딜 수 있는 이유기도 하다. 백일이 지나자 아이의 수면 시간이 점차 길어졌다. 하루는 자정쯤 이유식을 먹인 뒤 자고 일어났는데 숙면의 느낌이 들었다. 이럴 리가 없는데 혹시 아이한테 무슨 문제라도 있나? 깜짝 놀라 시계를 봤다. 아침 6시였다. 무려 여섯 시간 동안 통잠을 자준 거다. 우리 부부는 부둥켜안고 울었다. 통잠이라니, 통잠이라니. 고맙다 범민아. 사랑한다 범민아. 앞으로도 부디 푹 자주렴. 아이의 잠은 점차 길어졌고 지상낙원에서 쫓겨난 아담과 이브는 척박한 땅에서 살아가는 데 서서히 익숙해졌다.

우리는 육아의 고됨에 대해 무지했고, 무지했던 만큼 고통은 가혹했다. 결혼 6년 만에 가진 아이. 놀 만큼 놀았고 부부 사이의 애정과 우정은 충분했다. 그럼에도 육아는 벅찼다. 정말 벅찼다. 육아에 지쳐 있는 나에게 후배들이 묻는다.

"아이 낳으면 어때요? 행복하죠?"

나는 말한다.

"차라리 군대를 다시 가고 싶어."

후배들은 의아하다.

"정말 그렇게 힘들어요?"

"응. 정말이야."

"아이는 그냥 누워 있잖아요."

"그렇지."

"그런데 왜 힘들어요?"

"나중에 해봐. 정말 힘들어."

"어른이 둘인데 아이 하나를 못 돌봐요?"

그렇다. 다만 주의깊게 듣지 않을 뿐이다.

—

자주 손이 가는 책이
더 좋은 책이라 믿는다

그림책 유튜브 채널을 운영하는 아내와 주말이면 동네 서점을 찾는다. 아내가 그림책을 고르는 동안 나는 서점 여기저기를 빈둥빈둥 서성거리며 읽을거리를 찾는다. 나이가 들어서인지 손에 잡히는 책들의 면면이 예전과는 많이 달라졌다. 역사, 철학, 사회과학 분야 등의 높은 긴장감을 요구하는 책들은 이제 좀처럼 펼칠 엄두가 나지 않는다. 주인공들의 감정을 긴 호흡으로 따라가야 하는 장편소설 역시 어렵기는 마찬가지다. 요즘은 짧은 호흡으로 끊어 읽어도 무방한 책들이 좋다. 와인과 패션 그리고 축구 전술에 관한 책들이 그렇다. 이렇게 내 독서 취향의 변화를 실감한다.

『남자의 구두』(라슬로 버시 · 머그더 몰나르 지음, 서종기 옮김, 벤

치워머스, 2017)라는 책을 나는 즐겨 읽는다. 헝가리 부다페스트에서 수제 구두를 만드는 장인이 쓴 이 책에는 한 켤레의 구두가 완성되기까지의 과정이 온전히 담겨 있다. 아, 구두 가죽은 이렇게 무두질(동물의 원피에서 가죽이 되는 과정)되는 거구나. 구두 라스트(구두골)는 이렇게 깎아내는구나. 손바느질은 이런저런 부위에 들어가는구나. 이 책을 읽고 나면 내가 신는 구두들의 생애를 폭넓게 이해하게 되고, 예전보다 더 사랑하게 된다. 사랑한다는 건 삶에 리듬감이 부여된다는 뜻이다. 리듬감 없이 그저 반복되는 삶은 지루하고 고통스럽다. 뻔한 반복의 고통에서 빠져나오기 위해 나는 이 책을 몇 번이고 반복해 읽으며 구두에 대한 사랑을 키워갔다.

  20대 때는 높고 먼 얘기들이 좋았다. 역사와 진보, 정의, 자유, 민주, 이런 개념들 말이다. 이제는 그런 것들에 대한 관심이 아무래도 덜하다. 부조리에 저항하고 나름의 윤리를 지키며 살아가는 데 그리 많은 지식이 필요하지 않다는 걸 제법 알게 됐기 때문이다. 주위들은 개념과 지식으로 부풀려진 생각과 말은 허망하기 쉽고, 그런 허깨비 같은 개념은 좀처럼 행동으로 옮겨지지 않는다는 걸 경험으로 안다. 행동하는 사람들의 말은 어렵고 복잡하지 않다. 사는 데 지친 건가? 그럴 수도 있겠다. 늙은 건가? 아무럼 무슨 상관이겠나. 그저 자주 손이 가는 책이 더 좋은 책이라 믿는다.

　아들에게 그림책을 읽어주는 것은 요즘 빼놓을 수 없는 일과다. 침실이건 거실이건 식탁이건 아이가 있는 곳이면 그림책을 가져다 놓는 아내 덕분에 아이는 시도 때도 없이 그림책을 읽어달라고 성화다. 최근에는 『굉장해! 더 포악한 동물도감』(다카하시 다케히로 지음, 정인영 옮김, 다산어린이, 2019)을 매일 밤마다 읽어준다. 그때마다 나는 그림책에 나오는 사자, 호랑이, 늑대, 악어가 되어 아들과 싸움을 벌인다. 아들은 영웅이 되고 아빠는 포악한 동물이 되는 놀이인 셈이다. 가끔은 그림책을 읽는 건지 체육 활동을 하는 건지 헷갈리기도 하지만 아이가 책과 가까워지는 길이라 생각하면 즐겁기만 하다. 그렇다고 아이가 책과 친해지면 좋겠다는 내 욕심을 들키고 싶지는 않다. 강요한다고 읽는 게 아니란 걸 잘 알기 때문이다. 날씨를 얘기하듯이 무심하게 아들과 책 이야기를 나누게 되면 더 바랄 게 없겠다. 아이와 저만치 떨어져 앉아 각자가 좋아하는 책을 읽는 풍경을 꿈꿔본다.

무얼 찾고 계신가요?

　서울 종로구 창성동과 통의동에는 '바버샵Barbershop'과 '팔러 Parlour'라는 가게가 있다. '바버샵'에는 미국과 유럽에서 만들어진 양질의 옷과 신발, 목도리, 안경이 있고 '팔러'에는 좋은 품질의 구두가 있다. 두 가게 모두 황재환 대표가 운영하는 곳이다. 어릴 적부터 남성의 멋에 관심이 많았던 황대표는 잘 다니던 대기업을 그만두고 이 일을 시작했다고 한다. 2010년 처음 문을 연 '바버샵'은 남성 전문 편집숍으로, 당시 한국에선 드문 가게였다. 그는 여전히 같은 일을 하고 있고, 그의 가게와 비슷한 공간들이 이제 서울 시내에 즐비하다.

　내가 처음으로 '팔러'를 찾은 건 2015년이었다. 제대로 된 구두가 무엇인지 궁금했고, 신어보고 싶었다. 빈티지 가구와 소품 그리고 구두가 적절히 어우러진 '팔러'는 아름다웠다. 구두를 판다기보다 취향을 전시해놓은 느낌이 강했다. 그곳에는 수십 종류의 구두가 있었는데 나는 무얼 고를지 판단할 능력, 그러니까 안목이란 게 전혀 없었다. 내게 보이는 건 그저 가격뿐이었다. 비슷해 보이는 구두 가격이 왜 30만 원부터 백만 원까지 다양한 것인지 묻자 황대표는 이렇게 답했다.

"라스트가 다릅니다. 구두골을 라스트라고 부르는데 발에 편안한 라스트를 만들기 위해서는 아무래도 손이 많이 가죠. 장인의 기술이 필요합니다. 뿐만 아니라 좋은 구두에는 좋은 가죽을 아낌없이 씁니다. 그래서 결과적으로 우아합니다."

대답을 듣고 오히려 머리가 복잡해진 나는 쉽게 묻기로 했다.

"구두 하나만 추천해주세요."

황대표는 40만 원짜리 검은색 옥스퍼드 구두를 추천했다. 가장 기본이 되는 구두라는 설명이 마음에 들었다.

멋진 구두라 해서 샀는데 생각보다 불편했다. 일단 가격이 비싸서 마음이 불편했고, 발도 좀처럼 적응이 되지 않았다. 식당에 갈 때도 문제였다. 방으로 된 식당에서 다들 식사 후에 얼른 신발을 구겨

신고 나갈 때 나 혼자 남아 구두끈을 묶는 모습은 유별났고 곤혹스러웠다. 나는 다시 '팔러'를 찾아 물었다.

"이게 좀 불편하네요."

그러자 황대표는 특유의 느긋한 미소를 지으며 답했다.

"원래 멋진 건 좀 불편한 법입니다. 조금 더 신어보세요. 편해질 겁니다."

정말로 구두는 신을수록 편해졌다. 구두 밑창 안에 들어 있는 코르크가 내 발에 맞게 변형되어간다는 걸 나중에 알았다. 본드로 밑창을 붙이는 구두와 달리 끈과 실로 밑창을 꿰맨 이 구두는 통풍이 용이했고, 발에 땀이 차지 않았다. 끈을 묶는 속도도 점차 빨라졌다. 몸 가장 아래에서 제대로 만든 구두가 나를 지탱해주고 있다는 느낌이 만족스러웠다.

나의 새로운 취향은 구두로만 끝나지 않았다. 나는 '팔러' 옆에 위치한 '바버샵'에서 스코틀랜드산 스웨터를 샀고, 독일산 면 티셔츠를 샀으며, 영국에서 만든 무통 코트를 샀다. 황대표는 자신이 왜 이 물건을 권하는지 다른 물건과 비교해 어떤 장점이 있는지 자세히 설명해줬다. 그가 파는 게 물건이 아닌 이야기임을 나는 한참이

지나서야 알게 됐다. 나는 그가 블로그에 써놓은 상품 설명을 보고 또 봤고 사고 또 샀다.

처음에는 아내도 나를 응원했다. 취향이 만들어져가는 모습이 멋지다는 이유였다. 그러던 어느 날 아내가 입장을 바꿨다.

"오빠, 이제 옷 좀 그만 사! 오빠가 자꾸 사니까 내가 못 사잖아!"

아내의 반대에도 불구하고 나는 꾸준히 샀다. 아내 몰래도 많이 샀다. 구두에서 시작해 옷을 거쳐 가죽으로 옮겨갔고 요즘은 비스포크 슈트와 안경에 빠져 있다. 물건마다 새롭고 배울 게 있는데 좋은 물건이 만들어지기까지 긴 시간이 필요하다는 점은 모두 같았다. 슈트 한 벌을 온전히 손으로 만들어내기 위해서는 백 시간 이상이 필요하다. 하루 여덟 시간씩 보름을 꼬박 일해야 옷 한 벌을 만들 수 있다. 꼭 그래야만 하는 걸까? 착용감에 지장을 주지 않는 부분은 기계로 만들면 안 될까? 내 질문에 가깝게 지내는 테일러가 이렇게 답했다.

"배운 그대로 계속 만들어야 합니다. 한번 양보하면 계속 양보하거든요. 그게 망가지는 길이에요."

그는 여전히 기계를 사용하지 않고 바느질과 다림질만으로 옷을 만든다. 평면인 원단을 입체인 옷으로 만드는 게 그의 공예이자 예술이다. 그렇게 만들어진 옷을 입는 건 내 삶의 가장 큰 호사임이 분명하다.

일상이 무료하게 느껴질 때 나는 또다시 종로구 창성동을 찾을 것이다. 그러면 그곳에서 황재환 대표가 특유의 미소를 띠며 내게 물을 것이다.

"무얼 찾고 계신가요?"

—
나는 아내를 연민하는가

유튜브 채널 애TV에서 나와 아내는 종종 우리의 결혼생활에 대해 이야기하는데 다른 콘텐츠에 비해 인기가 많은 편이다. 화면에 비치는 모습이란 게 어느 정도 꾸밈이 있을 수밖에 없기 때문에 이게 진짜 우리 모습이라고 말하기는 어렵겠지만, 결혼한 지 10년이 다 돼가는 지금까지도 우리 부부는 여전히 잘 지내는 편이다. 아내의 말에 따르자면 "친하게 지내며 잘살아온" 편이다. 결혼식에서 우리는 서로에게 편지를 읽어줬는데 아내는 "잘 웃는 아내가 되겠습니다"라고 했고 정말로 결혼생활 내내 헛헛한 내 농담에도 넉넉히 잘 웃어줬다. 아내의 명랑과 밝음에 기대 잘살고 있는 거라고 나는 감히 말할 수 있다.

세상을 떠난 평론가 황현산 선생의 트위터 글을 묶은 책 『내가 모르는 것이 참 많다』(난다, 2019)에는 이런 글이 있다. "명랑하기는 성격만으로 되는 일이 아닌 것 같다. 명랑하기는 윤리이기도 할 것이다. 늘 희망을 가지려고 애쓰고 다른 사람들을 사랑해야만 명랑할 수 있지 않을까."(126쪽) 명랑을 일종의 윤리라고 말하는 이 글을 읽고, 나는 다시 한번 아내에게 감사했다. 명랑보다 우울에 가까운 내 성격에 대한 반성도 함께였다. 아내를 만나기 전 내 연애는 길게 지속되지 못했다. 남들과 별다르지 않게 덤덤하게 대하는 걸 최선이라 생각하는 내 옆에 오랫동안 있어준 연인은 많지 않았다. 그래도 아내와 결혼하고 함께 살면서 내 성격은 꽤나 밝아졌다. 잘 웃어주는 아내를 만난 덕에 나는 더 나은 사람이 될 수 있었다.

아내와의 연애 시절, 아내를 꼬드기려 내가 주로 했던 말은 이랬다.

"지금 다른 남자들만큼 너에게 잘해주지는 못하겠지만 나중에도 지금과 똑같이 해줄 수는 있을 것 같아."

자신 있게 말했지만 시간이 지나고 보니 지키지 못할 말이었나 싶기도 하다. 어쨌든 당시 나는 어렴풋이 '연민'이라는 감정을 떠올렸던 것 같다. 김훈은 『연필로 쓰기』(문학동네, 2019)에 이렇게 썼다.

"사랑이 식은 자리를 연민으로 메우면, 긴 앞날을 살아갈 수 있다. (……) 사랑은 단거리이고 연민은 장거리이다. 빚쟁이처럼 사랑을 내놓으라고 닦달하지 말고 서로를 가엾이 여기면서 살아라." (83, 84쪽)

　나는 아내를 연민하는가. 그런 것도 같다. 아내의 얼굴에 잔주름이 생기고 흰머리가 늘어간다. 나와 함께 살지 않았더라도 자연스럽게 생겼을 노화 현상이겠으나, 나와 함께 사느라 더 그런 것만 같아 민망하고 미안하다. 생로병사에서 자유로울 수 없는 인간들이 애달픔을 나누는 마음이 연민이라면, 함께 연민하며 나이 먹을 수 있는 누군가가 옆에 있는 것만으로도 충분히 복되다 할 수 있을 것이다. 연민의 힘으로 나는 아내와 함께 결혼이라는 생의 큰 과업을 무사히 마치고 싶다. 명랑과 연민이 합쳐지면 넉넉히 가능할 것도 같다.

그게 '문득 전종환'이었다

아내가 말했다.

"오빠, 나 너무 바빠. 대신 애TV 좀 찍어줘."

"내가? 유튜브 어색해서 싫은데……"

그러나 저항도 잠시뿐.

"요즘 읽는 책 한 권만 추천해주면 되잖아!"

아내의 뾰로통한 반응에 나는 이내 마음을 고쳐먹었다.

"음. 알았어."

바쁜 아내 덕에 핫하다는 유튜브 크리에이터로 데뷔했다. 너무 자주 등장하고 싶지는 않다는 마음을 담아 코너 이름은 '문득 전종환'으로 정했다. 문득 좋은 책이 읽고 싶을 때 찾아올 만한 공간으로 만들어보고 싶은 소망을 담았다.

어떤 책이 좋은 책일까? '문득 전종환'을 준비하며 주로 했던 고민이다. 질문을 좁혀봤다. 나에게 좋은 책이란 무엇인가? 내게 좋은 책의 조건은 두 가지였다. 첫째, 우리 사회에 대한 비판적인 시각이 담겨 있어야 한다. 둘째, 문장이 아름다워야 한다. 하지만 이런 책만을 다루겠다고 고집할 수는 없다. 애TV의 주 구독자들 관심사도 반영해야 하고, 10분 안에 책의 핵심을 온전히 전할 수 있어야 한다. 장편소설처럼 긴 호흡의 책은 소개하기 어렵다.

처음 고른 책은 『마흔이 되기 전에』(팀 페리스 지음, 박선령·정지현 옮김, 토네이도, 2018)였다. 평소 자기계발서류의 책을 썩 좋아하지는 않지만, 제목에 홀려 집어든 책의 내용이 무척이나 마음에 들었다. 나는 미국의 국가대표 체육 코치를 역임한 크리스토퍼 소머가 한 말을 소개했다. "나는 젊은 체조 선수들에게 2가지를 주문한다. 첫째, 천천히 하라. (……) 둘째, 아주 쉬운 것부터 시작하라. (……) 쉽지 않은 것에서 출발하면 절대 참을성을 발휘할 수 없다. 최고들은 인내심 안쪽을 뼈를 깎는 고통이 아니라 쉽고 단순한 것으로 채우기 때문에 언제나 최고의 끈기를 발휘한다."(12, 13쪽) 너무 힘주지 말고 쉽고 천천히 하되, 다만 오랫동안 하라는 인생 선배의 조언이 마음을 울렸다.

반응은 나쁘지 않았다. 누적 조회 수가 4만 회에 달했다. 책 소개 콘텐츠에서는 적지 않은 수치였다. 아내의 강권으로 시작했지만 이제는 나 스스로 꾸준히, 그러면서 재미있게 '문득 전종환'을 만들고 있다. 결혼, 죽음, 세대 갈등, 아동심리 등 주제는 다양했고 할말은 많았다. 찾아보니 좋은 책은 더더욱 많았다. 하지만 이거다 싶어도 소개하지 않는 책 역시 많다. 내 마음을 울려야 다른 이들의 마음 역시 울릴 수 있다고 믿기 때문이다.

'아나운서'로 일하며 '말'을 배웠고 '기자'로 일하며 '글'을 배웠다. 이제는 '책'을 읽으며 '삶'을 배워간다. 내 인생을 건조하게 요약해보자면 이렇게 정리가 될 텐데 이걸 다 모아보니 그게 '문득 전종환'이었다. 나는 '문득 전종환'에서 읽고, 쓰고, 말한다. 그게 재미있다. 길을 가다 가끔 나를 알아봐주는 사람들을 만날 때가 있다. 예전에는 "아나운서시죠?"라고 인사를 건넸다면 이제는 "'문득 전종환' 잘 보고 있습니다"라고 말씀해주시는 분도 많다. 반갑게 인사를 나누고 뒤돌아서면서 괜히 기분이 더 좋다. 오랫동안 읽고, 쓰고, 말하고 싶다.

—
말이 시로 변해가는 사이
어디쯤

　나는 시를 즐기지 못한다. 두 겹 세 겹 쌓여 있는 언어의 아름다움에 스며들 만큼 내 미감이 발달하지 못한 탓이다. 마음을 다잡고 시집을 읽어보려 해도 도통 이해가 안 되다가 책 뒤편 작품 해설에 가서야 간신히 고개를 끄덕인다. 훈련되지 않은 내 모자란 감각이 야속할 뿐이다. 그런 내가 이규리 시인의 『시의 인기척』(난다, 2019)을 처음부터 끝까지 읽어냈다. '시와 산문의 중간에 있는 글'이라는 작가의 설명에 용기를 얻은 건데 다행히 시만큼 어렵지는 않았으나 시만큼 깊었고, 그래서 마음을 자주 울렸다.

　어릴 때 종이인형을 만들어 옷을 입히고 이불 속에 재우기도 했다. 축소된 세상과의 대화였던 셈이다. 그 안에서 하지 못하는 일은 없었으나 할 수 있는 일도 없었다. 종이인형이 더이상 필요 없게 되었을 때 우리는 슬픈 성인의 위치에 온 것이다. 할 수 있는 일은 그토록 많았으나 되는 일은 없었다. (186쪽)

시인은 인형놀이를 하던 어린 시절로 '나'를 데려간다. 할 수 있는 게 없어 지루하고 답답한 '나'는 빨리 어른이 되고 싶다. 어른이면 무엇이든 할 수 있을 테니까. 시간이 흐른다. '나'는 비로소 어른이 된다. 내 곁을 지켜주던 종이인형도 더이상 필요가 없다.

그토록 원하던 어른이 됐는데 '나'는 초라하다. 왜? 마음대로 되는 일이 없기 때문이다. 되는 일 없어 답답한 '나'를 '슬픈'이라는 단어가 형용해준다. 어린아이와 어른의 삶이 대구를 이루고 '슬픈'이라는 형용사가 글에 생명을 불어넣는다. 어른의 삶을 묘사하는 데 시인이 사용한 문장은 고작 다섯 개다. 한줌의 단어와 문장만으로 시인은 마음속 깊은 곳의 보편적인 감정을 끌어올린다.

다른 문장도 살펴보자.

'견디고 있다'와 '지나고 있다'는 두 말의 아름다움. '견디고 있다'는 말에는 일견 자기 수고가 포함되어 진정한 성찰일 수 있을까 싶지만, 다시 보면 자기 고통이 포함되어 있다. 그리고 '지나고 있다'는 말은 능동성이 결여되어 보이지만 고요하고 겸손한 자기 정리가 병행하고 있다. 성찰이 담긴 결 고운 태도가 있다. 당신은 견디고 있습니까? 나는 지나고 있습니다. 두 말을 결혼시키고 싶다. (101쪽)

시인은 '견디다'와 '지나다'라는 단어를 오랫동안 들여다본다. 그러나 두 단어 모두 시인의 마음에 꼭 차지는 않는다. '견디다'에는 성찰이 모자라고 '지나다'에는 능동성이 결여돼 있다. 해서 시인은 두 단어를 결혼시키고 싶다고 말한다. 결혼이란 단어의 등장으로 견뎌내야 하고 지나가야만 했던 삶에 작은 희망이 보인다. 결혼이 모든 걸 해결해주지는 않겠지만 그래도 설렘이 있지 않나요? 이런 작은 토닥임 말이다. 나는 간신히 위로를 얻는다. 시는 여전히 어렵다. 그래도 이 책을 보면 시 혹은 시인의 인기척을 느껴볼 수 있다. 말이 시로 변해가는 사이 어디쯤, 이 책『시의 인기척』이 자리잡고 있다.

—

문학에는
시간을 견디는 힘이 있다

2019년 어느 따뜻했던 봄날에 나는 출판사 문학동네를 방문했다. MBC 아나운서들과 함께 낭독회를 만들어보자고 제안할 참이었다. 절박했던 만큼 묘한 긴장감이 나를 짓눌렀다.

MBC 아나운서들이 처음으로 낭독회를 열었던 건 2007년이었다. 홍대의 작은 소극장을 빌려 손님들을 초대했고, 좋아하는 글을 추려 낭독했다. 따뜻했고 정겨웠다. 멋진 선후배들과 같은 무대에 설 수 있어 행복했다. 하지만 회사에 풍파가 닥치며 간헐적으로 이어지던 낭독회 역시 뜸해졌다. 내게는 낭독회의 전통을 다시 살리고 싶은 욕심이랄까, 사명이랄까, 그런 게 있었다.

아나운서들이 연예인처럼 유명했던 시기가 있었다. 시답지 않은 일상까지도 기사가 됐고, 너도나도 스타가 될 수 있다는 열기가 조직 내에 팽배했다. 하지만 세상 이치가 그렇듯 유별났던 열기는 금세 식었다. 사람들은 더이상 아나운서들의 면면을 궁금해하지 않았다. 나는 아나운서라는 직업에 격格이 필요하다 판단했다. 그리고 그 길을 문학이 만들어주리라 믿었다. 방송은 휘발성이 강하다. 한번 전파를 타고 나면 좀처럼 다시 찾아볼 이유가 없다. 오늘의 방송이 끝나면 내일의 방송이 기다린다. 하지만 문학은 다르다. 문학에는 시간을 견디는 힘이 있다. 10년이고 20년이고 꾸준히 문학과 함께해나가면 알게 모르게 격이란 게 응집되리라 생각했다. 문학동네에 도움을 청한 이유였다.

출판사를 찾은 내 손에는 제안서 한 장이 들려 있었다.

"MBC 아나운서국과 문학동네가 낭독회를 함께 만들어갔으면 합니다. 첫 무대로 8월 8일 황현산 선생 기일에 맞춰 추모 낭독회를 제안합니다. MBC에는 목소리가 있고 문학동네에는 글이 있습니다. 함께했을 때 글과 낭독의 아름다움을 모두 취할 수 있으리라 생각합니다."

"일단 해보지요."

문학동네 염현숙 대표의 대답이었다.

낭독회는 성공적이었다. 무엇보다 글의 힘이 컸다. 황현산 선생의 글은 세상의 부조리를 날카롭게 파헤치는 한편 우리 사회의 여리고 약하고 가난한 이들을 따뜻하게 응시했다. 사람들은 선생의 글을 들으며 함께 웃고, 울고, 분노했다. 선생의 글은 평론과 칼럼도 훌륭한 문학이 될 수 있음을 알려줬다.

우리는 故 황현산 선생을 시작으로 정세랑, 박준, 이슬아 작가의 글을 읽었고 이어서 故 박완서 선생의 글을 읽었다. 이병률 시인과 김민정 시인, 김성중 소설가, 신형철 평론가, 가수 요조도 기꺼이 무대에 올랐다. 좋은 낭독이란 뛰어난 발성과 발음만으로 구현되는 게 아니라는 걸 문인들의 낭독이 알려줬다. 결국 기교보다는 마음이었다. 아름다운 글과 정제된 소리가 만났을 때 여태껏 경험하지 못했던 새로운 장르가 탄생한다. 좋은 낭독을 들어본 사람은 그걸 안다. 장편소설 『지구에서 한아뿐』(난다, 2019)의 낭독을 들은 소설가 정세랑은 "내 소설이 내 소설이 아닌 것처럼 느껴지는 새로운 경험이었다"는 감상평을 남기기도 했다.

나는 이제부터 우리가 더 많은 문학작품을 낭독해나갈 수 있으리라 자신한다. 낭독회를 통해 젊고 뛰어난 작가를 발굴하는 상상도 해본다. 이미 내 머릿속은 다음 낭독회 생각으로 분주하다. 낭독회가 열리는 겨울이면 코로나도 종식될 것이다. 두려움 없이 모두 한자리에 모여 앉아 글과 소리가 빚어내는 아름다움에 빠지게 되는 날을 기다린다.

—

책이 좋아야
책 읽어주는 아빠가 됩니다
: 내 인생의 책 10권

1. 강준만, 『인물과 사상』(개마고원, 1998~2019)

　나는 강준만 전북대 교수가 만든 계간지 『인물과 사상』을 1998년 창간과 함께 읽기 시작했다. 이 잡지는 한국 사회의 논쟁적인 주제들을 정면으로 다루며 실명 비판이라는 새로운 문화를 만들었다. 당시 고등학생이었던 내게 교과서에서 배운 세상이 전부가 아니란 걸 알려주고 기자가 되고 싶다는 꿈을 심어준 책이기도 하다. 여기에 소개된 지식인들의 글을 찾아 읽으며 비로소 나는 제대로 된 독서를 시작했다고 말할 수 있다. 2019년 『인물과 사상』은 이제 한계에 부딪혔음을 인정하면서 무기한 휴간을 결정했다(2019년 9월호까지 출간). 그렇게 지성사의 한 시대가 저물었다.

2. 김훈, 『자전거 여행』 1 · 2 (문학동네, 2014)

군생활중이던 2002년, 나는 김훈의 산문집 『아들아, 다시는 평발을 내밀지 마라』(생각의나무, 2002)를 읽었다. 처음 읽은 김훈의 책이었다. 문장과 문장 사이에, 또 단어와 단어 사이에 전압이란 게 있을 수 있다는 걸 나는 김훈의 글을 보고 처음 알았다. 그의 문장은 아름다웠고 볼 때마다 새로웠다. 지금까지도 김훈 작가가 쓴 책을 모두 사서 읽는다. 때문에 가장 좋아하는 김훈의 책을 고른다는 건 보통 어려운 일이 아니다. 나는 그의 장편소설 『현의 노래』(문학동네, 2012)와 『남한산성』(학고재, 2017), 『흑산』(학고재, 2011)을 특히 좋아하고, 단편소설 「화장」(『강산무진』, 문학동네, 2006)도 여러 번 읽었다. 하지만 한 권만 고른다면 그 책은 모름지기 산문집 『자전거 여행』이다. 힘이 넘치는 김훈 문장의 진수를 만나볼 수 있다.

3. 홍세화, 『나는 빠리의 택시운전사』 1 · 2 (미디어창비, 2019)

나는 이 책에서 똘레랑스의 개념을 처음 배웠다. "나는 당신의 견해에 반대한다. 그러나 나는 당신이 그 견해를 지킬 수 있도록 끝까지 싸우겠다"는 볼테르의 말이 왜 중요한지를 홍세화씨는 프랑스에서의 삶을 통해 한국 사회에 전파했다. 이 책을 읽고 난 뒤 우리 부모 세대와 좀 다르게 살고 싶다는 생각을 했다. 성숙한 개인주의가 만개한 세상을 꿈꿨다. 하지만 요즘 우리 사회를 보면 아직도 똘레랑스가 자리잡지 못한 것 같다. 2021년의 우리는 '당신의 견해'를 격렬히 반대만 하며 살고 있는 건 아닐까. 1995년에 처음 세상에 나온 이 책을 이 시대를 사는 이들이 다시 정독하고 토론했으면 좋겠다.

4. 김우창, 『정치와 삶의 세계』(민음사, 2016)

김우창 고려대 명예교수는 지식인 글쓰기의 전형을 보여준다. 인문학자인 그는 옳고 그름이라는 이분법적 사고의 틀을 거부한다. 그는 우리가 이성적으로 판단할 수 있는 모든 지점들을 두루 사유한 뒤, 그리하여 우리 사회가 어찌하면 좋겠는지를 차분하게 말해준다. 조심스럽게 반 발짝 정도만 내딛는 그의 글은 짜릿함이 없고 섣부른 진영 논리가 들어설 자리가 없다. 몇 번을 봐야 간신히 맥락을 쫓아갈 수 있을 만큼 어렵기도 하다. 하지만 그만한 노력을 기울일 만한 가치가 충분하다. 나는 방송에서 나름의 논리를 전개할 때 '그럼에도 불구하고'라는 접속사를 자주 사용하는데 그게 다 김우창 교수의 영향이다.

5. 고종석, 『고종석의 문장』 1·2(알마, 2014)

나는 고종석 작가의 책은 물론 신문이나 문예지에 실리는 글도 대부분 찾아 읽는다. 그만큼 그의 글을 좋아한다는 뜻인데, 소설과 평론도 좋지만 가벼운 산문들에 더 마음을 빼앗기곤 한다. 예를 들면 이런 글. "내 남은 백수의 삶이 포도주와 담배와 노래로, 그리고 유쾌한 말벗으로서의 여자들로 붐볐으면 좋겠다. 그 붐빔을 너끈히 감당할 정도로만 몸과 마음이 건강했으면 좋겠다. 그리고 그만큼만 돈이 생겼으면 좋겠다. 나만이 아니라 당신도 마찬가지다. 당신의 삶이 은근한 쾌락으로, 그리고 그 쾌락을 감당할 만큼의 건강으로, 그만큼만의 돈으로 채워졌으면 좋겠다. 누군가의 말을 훔쳐오자면, 우리는 행복하기 위해 태어났다." (『바리에떼』, 개마고원, 2007) 고종석은 쾌락주의자이며 개인주의자고 그러면서 견결한 윤리주의자이기도 하다. 그는 대부분의 경우 소수자의 편에 서길 주저하지 않았다. 그의 모든 책을 좋아하지만 굳이 한 권만 고르자면 『고종석의 문장』을 추천한다.

6. 도스토옙스키, 『까라마조프 씨네 형제들』 상·하(이대우 옮김, 열린책들, 2009)

군생활 당시 나는 닥치는 대로 읽었다. 뭐라도 읽지 않으면 흘러가는 시간들이 아까워서 견디기 힘들었다. 무신론자였지만 불경도 읽고 성경도 읽었다. 군에서의 시간을 견뎌내는 일은 그만큼 절박했다. 이 두꺼운 러시아 문학작품을 다 읽을 수 있었던 것도 내가 군복무중이었기 때문이다. 러시아 문학은 좀처럼 다가서기 어렵다. 인물들의 이름이 너무 길고 어렵기 때문인데, 그 높은 장벽을 너끈히 넘어설 만큼 『까라마조프 씨네 형제들』은 인간 본성에 대한 깊은 통찰을 선사했다. 나는 나를 포함한 모든 인간에 대한 신뢰가 깊지 않은데 이 책은 그런 내 성향을 더욱 공고하게 만들었다. 읽은 지 20년도 더 된 책이지만 읽을 당시의 강렬함은 여전히 남아 있다.

7. 한강, 『소년이 온다』(창비, 2014)

20년 전쯤 출판된 『내 여자의 열매』(문학과지성사, 2018)라는 소설집으로 나는 한강 작가를 처음 만났다. 섬세하고 은유적인 작품을 온전히 이해하기는 힘들었지만, 사물과 사람을 응시하는 깊은 시선에 압도당했다. 작가의 작품 중에서도 나는 장편소설 『소년이 온다』를 제일로 꼽는다. 이 소설은 한강 작가의 기존 소설과 결을 달리한다. 작가는 5·18 광주민주화항쟁이라는 역사를 매개로 사람의 마음에 다가섰고, 작가가 응시하는 고통은 나에게까지 전달되었다. 이 책을 읽는 건 인간의 고통에 다가서는 일이다. 동시에 고통을 감내하고 우리 역사를 직시하는 일이기도 하다.

8. 김애란, 『바깥은 여름』(문학동네, 2017)

김애란 작가는 나와 같은 1980년생이다. 나는 내 또래의 방송 잘하는 이들을 봐도 별 부러움을 느끼지 않지만 글 잘 쓰는 이를 보면 질투심을 느끼곤 하는데 김애란 작가와 그의 글이 바로 그런 질투의 대상이었다. 소설집 『바깥은 여름』을 보는 내내 나는 울었다. 찔끔 운 게 아니라 엉엉 울었다. 김애란 작가에게는 자신이 겪었던 삶의 개별적인 순간을 보편적인 문학의 순간으로 전환시키는 힘이 있다. 책을 보며 울었던 경험이 있었던가? 좀처럼 떠오르지 않는다. 하지만 김애란 작가의 글 앞에서라면 나는 언제든 무너질 준비가 돼 있다.

9. 스콧 슈만, 『사토리얼리스트』(박상미 옮김, 윌북, 2021)

미국의 사진작가 스콧 슈만이 찍은 길거리 사진 모음집이다. 스콧이 피사체를 고르는 가장 중요한 기준은 자신감인 듯하다. 그의 사진에는 대머리 아저씨와 길거리 노숙자와 공사장 인부가 주인공으로 나오는데, 모두 당당한 태도와 강렬한 눈빛이 매혹적이다. 그는 국적과 성별과 생김을 가리지 않고 사진을 찍는다. 모델들이 입은 옷은 명품보다는 중고 보세에 가깝다. 나는 출장이나 여행을 갈 때면 이 책을 꼭 챙긴다. 그만큼 아끼고 많이 봤다. 몇몇 사진에 첨부돼 있는 스콧의 짧은 평을 보는 재미도 쏠쏠하다.

10. G. 브루스 보이어, 『트루 스타일』(김영훈 옮김, 벤치워머스, 2018)

'007 시리즈'에 출연한 배우 다니엘 크레이그의 슈트가 멋져 보였다. 서울 여의도를 메운 한국 남성들의 양복 차림과는 느낌이 많이 달랐는데, 구체적으로 어디가 어떻게 다른 건지 알기는 쉽지 않았다. 패션 관련 서적을 뒤져봤지만 내 궁금증을 해소해주기엔 어딘가 모자랐다. G. 브루스 보이어가 쓴 책 『트루 스타일』은 달랐다. 이 책은 남성 패션의 기본이 되는 아이템들의 유래와 활용법을 일목요연하게 알려준다. 저자의 글은 이미 세상의 쓴맛과 단맛을 다 경험해본 어른의 조언처럼 우아했고 여유로웠다. 이 책을 읽으면 알게된다. 스타일이란 꾸준한 관심과 학습을 통해 얻어지는 일종의 기술이란 걸 말이다.

＊본문에 수록한 서지 정보는 최근 출간본으로 통일했다.

—

새로운 세대가 밀려오니
문화는 바뀌어야 옳겠다

　새로 입사하는 동료 아나운서 대부분이 1990년대생이다. 책에서만 보았던 '90년생'과 함께 일을 하게 된 거다. 그들은 분명 이전 세대와 많이 달랐지만, 조직이란 곳에 흔히 있는 위계 때문에 말은 대부분 선배들 차지였고 그들은 주로 듣기만 했다. 하지만 조직 문화를 토론하는 자리가 만들어지자 거침없이 평소 생각을 밝혔다. 퇴근 뒤 스마트폰 대화방 사용을 자제해달라. 회식은 점심이 좋겠다. 선배 말이라고 무조건 이모티콘을 달지 말자. 90년대생들은 조직보다는 개인을 우선시했고, 모두가 편안한 부조리보다는 조금 불편하더라도 공정, 투명, 올바름을 추구했다.

　2005년 신입 사원 시절을 되돌아본다. 그때 나는 진심으로 선배들과 친해지고 싶었다. 그래서 점심이고 저녁이고 늘 선배들과 함께했다. 번듯한 기업에 들어가 잘 적응하고 승진을 이어가는 게 성공의 공식이던 시대였다. 개인보다는 조직이, 피곤한 올바름보다는 수월한 부조리가 편했다. 그사이 무슨 일이 있었던 걸까? 『90년생이 온다』라는 책에 나오는 1992년생 여성의 생각은 참고가 될 만하다. 그는 2년 동안 9급 공무원을 준비했다.

월급이 많고 적음은 그다지 중요한 것 같지는 않아요. 그 월급을 언제까지 받을 수 있느냐가 중요한 것 아닌가요? 대기업을 다니는 선배들이 '굵지 않더라도 길게 다니는 게 꿈'이라고 말하는 걸 정말 많이 봤어요. 어차피 사기업을 가서 불안에 떠느니, 굵지 않지만 길게 벌 수 있는 공무원의 길을 택하겠어요. (임홍택, 『90년생이 온다』, 웨일북, 2018, 28쪽)

기자 시절 '저녁이 있는 삶'을 주제로 기획 취재를 한 적이 있다. 나는 대기업에 다니는 1980년생 내 오랜 친구를 섭외해 그의 일상을 가까이에서 살펴봤다. 이제 막 중년에 접어든 내 친구는 교통 체증을 피하기 위해 새벽 5시에 일어난다. 그러고는 하루종일 사무실에 갇혀 노동에 시달린다. 노동의 효율이 높지 않지만 그건 그리 중요치 않다. 어차피 야근은 해야 하는데 그럴 거면 일거리를 남겨놓는 게 차라리 낫다. 퇴근은 밤 10시가 되어야 가능하다(52시간 제도가 시행되기 전의 일이다). 원치 않는 회식도 잦다. 파김치가 돼 집에 가면 육아가 기다린다. 밀린 집안일을 하고 침대에 몸을 누이면 새벽 1시다. 네 시간 쪽잠을 자고는 다시 회사로 향한다. 몸은 망가지는데 그렇다고 삶이 개선될 여지는 보이지 않는다. 부모가 하라는 대로 공부해서 좋은 대학을 갔고 대기업에 입사했건만 그리스 신화 속 시시포스와 별다를 게 없는 삶이다. 90년대생들은 이런 80년대생들을 지켜보며 다른 삶을 설계하기에 이른다.

90년대생들은 회사에 인생을 저당잡히지 않기로 한다. 열심히 일하고 그만큼 보상받으면 그만이고 나머지 시간엔 나를 발전시키는 게 중요하다. 그래야 조직에 모든 걸 걸지 않고도 삶을 견딜 수 있을 테니 말이다. 생각이 여기에 이르자 선배들의 부조리가 보이기 시작한다. 민주적인 척은 하나 사고방식은 전체주의에 가깝다. 앞의 말과 뒤의 말이 다르다. 우리 때는 눈빛이 달랐다며 후배들의 패기 없음을 탓하는데, 막상 구체적으로 따져보면 별 능력이 없다. 그러면서 배우라고, 따라오라고 강요한다. 90년대생들은 생각한다. 깔끔히 일만 하자. 그리고 일한 만큼 보상받자. 불필요하게 끈끈해지지는 말자. 당신이나 나나 회사와 계약을 맺은 사람들 아닌가. 조직의 논리로 위계를 만들고 위계가 우리 삶을 지배하게 만들지 말자.

휴가 마음대로 써도 된다고 했으면 휴가 가도 문제가 없어야 하고, 직원들에게 '내 앞에서 담배 피워도 된다'고 했으면 회의하다가도 맞담배 피워도 괜찮아야 한다. 그런 사람에게 '왜 이렇게 눈치가 없어?' 이런 분위기면 안 된다. (같은 책, 117쪽)

새로운 세대가 밀려오니 문화는 바뀌어야 옳겠다. 점심과 저녁을 다 같이 먹고, 하루가 멀다 하고 술 마시던 때를 떠올리며 '우리는 끈끈했거든' '그때가 좋았어' 하는 생각은 자유지만 입 밖으로 내는 건 다른 문제다. 그때가 그리 좋았으면 좋았던 사람끼리 또 하면 된다. 출석 체크는 곤란하다. 일도 섬세하게 지시해야 한다. 후배 전부를 휴대전화 대화방에 모아놓고 무계획적으로 일을 시키면 안 된다. 개인이 원하는 일을 주고, 성과를 내게 돕고, 섬세하게 평가해야 한다. 그래야 개인과 조직이 어우러질 수 있다. 90년대생의 모든 게 이해되는 건 아니지만 그래도 나는 우리 사회가 이 방향으로 변해가는 게 바람직하다고 본다. 집단은 그리고 조직은 개인만큼 윤리적일 수 없다는 걸 충분히 경험했기 때문이다. 투명하고 공정하고 윤리적인 개인이 더욱 많아지고, 그런 개인들이 자유롭게 목소리를 내야 한다. 우리 사회에는 그런 개인들이 아직 너무 많이 모자라다.

—

그러니 삶이 어디 쉽겠는가

기자 시절, 단독 기사에 대한 열망은 강렬했다. 한동안 단독 기사를 쓰지 못하면 정체 모를 우울감에 빠지거나 내 역량에 회의를 느끼는 일이 잦았다. 당시에는 좋은 기사에 대한 순수한 열정이라 생각했는데 시간이 지나 생각해보니 꼭 그렇지만은 않다. 조직 내에서 인정받고 싶은 욕구, 이른바 '얘기되는 기자'가 되고 싶은 인정 욕구의 함정에 빠졌다는 게 좀더 정확한 진단일 것이다. 기자가 되기 전까지 인정 욕구가 강한 사람이라 느낀 적은 많지 않았으니 내 숨은 욕망을 발견한 셈이기도 하다.

인정 욕구에 쩔쩔매는 나를 보고 가까운 선배가 조언했다.

"야. 왜 이리 급해? 천천히 해도 되는데. 단독이 그렇게 중요한 건 아니잖아."

"중요하죠. 전 좀더 해야 해요."

"그러냐? 난 좀 한가한 부서 가서 쉬고 싶다."

"선배는 이미 두루두루 인정을 받으니까 하는 말씀이죠."

"내가?"

"그렇죠. 그러니까 선배 마음은 일종의 여유죠. 할 만큼 했으니 나오는 여유."

"그래? 그런가? 아닌데. 난 정말 좀 쉬고 싶어."

나는 선배의 인정 욕구가 이미 채워진 상태였다고 판단했다. 하지만 인정 욕구란 건 단독 몇 개 혹은 주변의 평판으로 쉽사리 채워지는 그런 만만한 녀석이 아니라는 걸 이제는 안다. 특히 당시 선배는 한창 조직에서 인정받아 승승장구하고 싶은 30대 후반의 남성이 아니었던가. 그런 선배에게 인정 욕구는 떼려야 뗄 수 없는 거머리 같은 녀석이었을 텐데. 어쩌면 선배는 스스로 그것을 경계하고자 내게 저런 말을 했던 게 아닐까 짐작해본다.

허지원 교수는 그의 책 『나도 아직 나를 모른다』(김영사, 2020)에서 자존감이 높은 사람과 그렇지 못한 사람의 특징을 이렇게 정리한다.

자존감이나 자기 가치에 대해 큰 의심이 없는 사람은 나의 진심이 타인에게 받아들여지는 일에 그다지 큰 의미를 두지 않습니다. (……) 진심이 언젠가 '통할' 것이란 믿음은, 내 진심에 타인의 인정이 너무나 중요하다는 말이나 다름없습니다. (82, 83쪽)

허지원 교수의 분석에 따르면 기자로서의 내 자존감은 그리 높지 않았던 것으로 보인다. 자존감이 높았다면 타인이 나를 어찌 보건 그저 담담히 기사를 써나갔을 것이고, 단독 기사를 쓰는 것에도 개의치 않았을 것이다. 하지만 나는 그러지 못했다. 내 기사가 최선인지 늘 불안했고 남들의 평가에 예민했다. 그래서 단독이라는 징표에 집착하며 타인에게 인정받고자 아등바등했던 것이다. 지금은 나아졌을까? 잘 모르겠다. 아나운서로 일하는 지금도 나는 인정 욕구에서 크게 자유롭지 못하다. 내가 누구인지에 집중하기보다 내가 어떤 방송을 진행하는지에 관심이 쏠릴 때가 많다. 쉽게 말해 여전히 명함 문구에 집착하고 있는 셈이다. 서른이 넘고 마흔이 넘어도 나를 지배하는 이 인정 욕구의 덫에서 어떻게 빠져나올 수 있을까? 저자의 조언은 다음과 같다. 넷플릭스를 봐라. 좋아하는 영화를 봐라. 커피를 마셔라. 좋아하는 스타일의 옷을 사라. 경제적 부담이 없는 선에서 내가 좋아하는 걸 즐길 것. 대신 내가 좋아하는 일에 빠진

만큼 주변 사람들의 인정을 갈구하지 말 것!

다시 한번 말하지만 날을 세우지 않아도 돼요. 노력하되, 애쓰지
는 말아요. 인지하되, 의식하지 말아요. (……) 당신 인생의 반을 사
람으로 채우려 하지 마세요. 그게 누구든 말입니다. (같은 책, 231,
232쪽)

성실한 하루하루가 모여 평가가 되고, 평가가 모여 평판이 된다.
최선을 다해 노력하되 나에 대한 평판에는 신경을 꺼야 한다. 그건
내가 애쓴다고 해결될 문제가 아니기 때문이다. 마찬가지로 내가
누군지 인지하려 애쓰되 남들이 나를 어떻게 보는지 의식하면 안 된
다. 그 역시 애쓴다고 달라질 일이 아니기 때문이다. 노력과 애씀.
인지와 의식. 언뜻 비슷하게 들리는 이 단어들 사이 어딘가에 지혜
와 아둔함이 뒤섞여 있다. 그리고 이 뒤섞임이 마음을 흔들어댄다.
그러니 삶이 어디 쉽겠는가.

—

나에게는
어떤 냄새가 배어 있나요

대학 시절 '연극론'을 가르쳤던 교수님이 내 뒷모습에 대해 이렇게 평가했다.

"종환아. 내가 평생 봐온 뒷모습 중 네 뒷모습이 가장 안돼 보여."

이런 지적은 한 번으로 끝나지 않았다. 아나운서로 입사한 뒤 함께 일하는 타 부서 친구가 말했다.

"아저씨, 좀 당당하게 다녀요. 뒷모습이 왜 이렇게 초라해요."

서른이 넘어서도 비슷한 지적은 이어졌다. 한 선배는 내 별명을 '우울한 강남'이라 지어줬는데 거주지가 강남인 사람에게서 좀처럼 느껴지지 않는 우울함이 내 뒷모습에서 느껴진다는 이유였다. 대체 내 뒷모습은 타인에게 어떻게 보이는 걸까? 나는 도무지 알 길이 없었다.

잊고 있던 내 뒷모습을 오랜만에 떠올린 건 『엄마 심리 수업』(윤우상, 심플라이프, 2019)이라는 책을 만나고서였다. 30년 경력의 정신의학과 전문의는 이 책에서 '엄마 냄새'라는 개념을 소개한다. 엄마한테 물려받은 고유의 냄새가 아이들에게 짙게 배어 있고, 그래서 아이들은 어딜 가도 그 냄새를 지울 수 없다는 주장이다.

예를 들어 내 아이가 소심하다고 판단한 엄마가 있다고 하자. 아이의 소심한 성격을 빨리 바꿔주고 싶어 불안한 엄마는 아이를 웅변 학원으로, 스피치 학원으로 정신없이 돌린다. 그리고 강조한다.

"아들아, 절대 소심하면 안 된다. 당당해져야 해!"

아이는 스스로를 의심하기 시작한다.

'난 소심한 아이인가?'

의심이 채 가시기 전에 엄마가 다시 재촉한다.

"친구들하고 왜 떨어져 있니. 절대 안 돼. 적극적으로 다가가서 명랑하게 어울리란 말이야!"

아이는 점차 확신하게 된다.

'그래, 난 소심한 녀석이야. 소심한 녀석.'

이렇게 아이는 소심의 감옥에 갇히게 되는데, 여기서 엄마의 냄새가 더욱 짙게 밴다. 이쯤 되면 궁금하다. 세상 누구보다 아이를 사랑하면서도 왜 어떤 부모는 아이에게 부정적인 냄새를 물려주는 걸까? 저자는 그 이유를 엄마의 무의식에서 찾는다. 과거 소심하게 살았던 엄마의 무의식은 아이의 소심한 면만을 보게 하고, 과거 산만했던 엄마의 무의식은 아이의 산만한 면만을 보게 만든다는 것이다. '내 아이는 나처럼 살지 않았으면' 하는 절박한 마음이 만들어내는 슬픈 반복. 저자는 무의식의 덫에 빠져 아이의 기질을 거스르면 절대로 안 된다고 강조한다.

　　부모는 왜 자식의 기질을 바꾸려고 할까? 그 이유는 아이의 모습이 기질이라는 것을 몰라서 그렇고 또 기질이라고 해도 변할 수 있을 것이라 착각하기 때문이다. 그 밑바닥에는 부모의 불안이 숨어 있다. 대개 부모의 성향이 아이에게 투사된다. 아이 속에 엄마나 아빠의 안 좋은 면이 들어 있으면 그걸 못 견딘다. 나의 성격이나 배우자의 성격은 어떻게 못 해봤지만 아이는 아직 어리니까 바꿀 수 있을 것이라고 착각한다. 내 성격도, 배우자의 성격도 조금도 고치지 못했으면서 어떻게 아이는 바꿀 수 있다고 믿는가. (55쪽)

내 어머니는 나에게 어떤 무의식을 투사했을까. 어머니는 평생에

걸쳐 내게 "공부 잘해라"와 "최선을 다해라"라는 말씀을 하셨다. 원만큼 공부하지 못했던 당신의 삶에 대한 아쉬움도 있었을 것이고, 공부를 통한 성공이 조금 더 나은 삶을 살아가기 위한 최선의 전략이라는 생각도 있었을 테다. 그리고 당신은 평생을 자식들에게 헌신했다. 그걸 지켜본 나는 그래서 마음 한구석에 늘 미안한 마음이 있었고, 어머니의 기대를 채우지 못했다는 죄책감에 시달렸다. 내 뒷모습에 밴 연민과 초라함의 냄새는 이렇게 시작된 게 아닐까 조심스레 짐작해본다. 나 역시 벌써 내가 가진 단점들이 아들에게서 보이기 시작한다. 나는 어떤 무의식을 아들에게 투사하게 될까. 생각만으로도 무섭고 또 두려운 일이다.

—

어떤 말도
쉬이 넘어가지질 않는다

회사에서 주말 근무를 하는데 미국에 사는 형에게 연락이 왔다.

"종환아, 범민이가 좀 다친 것 같아."

부모님 집에서 아이가 다쳤고 당황한 부모님이 어쩔 줄 몰라 하신다는 얘기였다. 순간 오만 가지 생각이 머리를 스쳤다. 얼마나 크게 다쳤으면 부모님이 아닌 해외에 사는 형이 연락을 했을까. 크게 다쳤으면 어떻게 하지. 아내에게는 뭐라 말하나. 일이 끝나자마자 부모님 집으로 달려갔다. 다행히 크게 다친 건 아니었다. 아이가 혼자 뛰어놀다 넘어지면서 가구 모서리에 부딪혔고, 눈 윗부분 1센티가량이 찢어졌다.

다급히 아이를 데리고 병원 응급실로 향했다. 의사는 꿰매면 되는 간단한 수술이라고 건조하게 설명했다. 아이가 어려서 수면 마취가 필요하다는 말도 덧붙였다. 마취약이 들어가자 아이는 순하고 빠르게 잠들었다. 그런데 마지막 열번째 바늘이 들어가던 순간, 아이가 마취에서 풀려났다. 겁에 질려 울어대는 아이. 가슴이 미어졌다. 이 생경한 감각은 무엇이지? 여태 느껴보지 못했던 통증. 책에서나 접했던 마음이 무너져내린다는 표현이 이런 걸 말하는 거였구나. 태어나서 처음 느껴본 아픔이었다.

고작 아이의 눈 위에 생긴 작은 상처로 이 글을 시작하는 게 얼마나 무모하며 무례한 일인지 잘 알면서도 나는 감히 이렇게 쓰고 있다. 유병록 시인의 산문집 『안간힘』(미디어창비, 2019)은 인간이 겪을 수 있는 가장 큰 고통에 대해 써내려간다. 너무 어린 나이에 일찍 떠나버린 아이. 아이가 '있던' 세상과 '있다가 떠난' 세상은 너무도 다르다. 처음부터 없었으면 괜찮았을 텐데, 이미 있음을 경험해본 터라 전과 후가 같을 수 없다. 살아갈 힘이 없는데, 숨이 붙어 있으니 살아간다. 먹고. 자고. 먹고. 자고. 살아 있어 반복해야만 하는 행위들이 모두 치욕이다.

아들은 온기를 잃고 장례식장 안에 누워 있었고, 나는 누나가 사온 죽을 먹고 있었다. 그것은 치욕이었다. 아들을 잃고 무언가를 입에 넣는다는 게 그렇게 치욕스러울 수 없었다. (……) 나는 아들의 장례를 치르는 하루 반나절 동안 무려 세 끼를 챙겨 먹었다. 지금 생각해도 치욕스럽다. 아들에게 미안하다. (16, 20쪽)

그래도 장례식장은 사정이 나은 편이었다. 이제 남편과 아내는 아이와의 추억이 묻어 있는 집에 덩그러니 남겨졌다. 곁에 있는 건 침묵뿐. 용기를 내 남편 혹은 아내가 먼저 말을 건네본다. 하지만 돌아오는 건 상처뿐. 어떤 말도 쉬이 넘어가지질 않는다. 극도의 예민함에 둘 모두 지쳐간다. 우리는 이렇게 살아갈 수 있는 걸까? 전문가를 찾아가 상담도 해본다. "두 분이 꼭 대화를 해야 하나요. 때로는 말을 안 하는 게 나을 수도 있습니다." 대화로는 안 되겠구나. 다른 건 뭐가 있을까 해서 부부는 평생 관심 없던 춤을 함께 배우기 시작한다. 그것도 아이돌 춤을.

등록을 하고 학원에 가니 처음에는 쭈뼛거릴 수밖에 없었다. 하지만 얼마 지나지 않아서 우리 부부는 열심히 춤을 추었다. (……) 우리가 서로 얼마나 허우적거리며 춤을 추는지 이야기하며 웃었다. 춤을 추는 건 생각보다 힘든 일이어서 전보다 이른 시간에 잠들었다. 우리는 댄스학원에 다니며 대화 시간이 줄었고 다툼도 줄었다. 그 대신 함께하는 시간이 늘었고, 함께 웃는 일이 늘었다. (70, 72, 73쪽)

시인은 자신이 경험한 극한의 고통을 왜 기록하려 했을까? 이유는 세 가지다. 너무 아파서 비명을 지르고 싶었고, 그렇게 상처를 직시하며 스스로를 치유하고 싶었고, 마지막으로 같은 고통을 겪게 될 사람들을 위한 기록을 남기고 싶어 용기를 냈다고 시인은 말한다. 죽음은 어느 날 갑자기 찾아오고 남겨진 이들은 깊은 상실 앞에 서툴고 무력하다. 힘들고 고통스러워 허우적대기 마련이다. 그 허우적거림이 고통스러워 시인은 이 책을 써내려간 것인지도 모르겠다. 이 책은 상실과 고통에 대한 안내서라 할 만하다. 먼저 겪었기에 안내할 수 있을 텐데, 극한의 고통이 적어내려간 이 책을 끝까지 읽기란 여간 어려운 일이 아니다.

—

우리는 이렇게 죽는다

고등학교 때부터 종종 죽음을 생각했다. 가닿을 수 없는 죽음에 대한 호기심이었겠지만 이런 시도는 늘 실패하기 마련이었다. 종교 서적을 탐닉하기도 했고 전생과 내세에 대한 호기심도 가져봤지만 이렇다 할 답을 얻지는 못했다. 죽음을 이해시켜줄 이는 산 자 중에 없었고 죽은 자는 말이 없었다. 인생에서 가장 에너지가 넘치는 10대 후반에서 20대 초반에 나는 늘 죽음의 그림자와 함께였고 친구들은 젊은 놈이 왜 그렇게 패기 없이 사냐며 타박하기 일쑤였다.

이제 마흔이 넘어 생각하는 죽음은 10대 때의 그것과는 사뭇 다르다. 어릴 적 나에게 죽음은 추상이었다. 추상이었으되 언젠가 죽음이 찾아오리라는 확신에 나는 내 주변 이들의 자잘한 욕망들을 속으로 마음껏 비웃을 수 있었다. 하지만 죽음은 더이상 추상이 아니다. 내 아버지와 어머니는 이미 일흔을 넘겼고 마흔을 넘긴 나 역시 예외가 아니다. 당장 내일이나 모레쯤 생각지 못한 병을 선고받는다고 해도 크게 놀라지 않을 나이가 된 것이다. 어느덧 죽음은 지독한 현실의 영역으로 옮겨지고 있다. 롤란트 슐츠라는 독일 기자는 자신의 저서 『죽음의 에티켓』(롤란트 슐츠 지음, 노선정 옮김, 스노우폭스북스, 2019)에서 죽음을 자각하는 순간을 이렇게 묘사한다.

"당신은 침묵하게 됩니다. 더이상 아무 말도 할 수가 없죠. 이건 '쇼크'입니다. (……) '자아가 덜덜 떠는 현상'이나 '죽음의 일차적 트라우마'라고도 부릅니다. 이 개념들 안에서 당신과 살아 있는 사람들 사이에 틈이 생겨납니다." (16, 17쪽)

죽음을 자각하게 되는 순간을 상상해본다. 올 게 왔구나 하는 느낌. 다만 남을 가족들 생각에 며칠 밤을 설치게 되리라. 그리고 혼자 되뇌일 것이다. "나는 죽을 것이다. 나는 죽을 것이다. 나는 죽을 것이다." 죽음이 임박한 나는 산 자들의 세계에서 추방당하게 될 것이다. 병원으로 요양원으로 내 거처는 옮겨질 것이고 산 자들은 언제 우리 주변에 죽음의 그림자가 있었냐는 듯 일상을 이어갈 것이다.

그리고 한 번쯤 걱정 가득한 얼굴로 나를 찾아와 말할 것이다. "힘 내세요. 다 나을 수 있을 거예요." 한바탕 눈물을 쏟고는 병원 문을 나서겠지. 하지만 이런 종류의 눈물은 금세 마른다. 해야 할 일을 끝 마친 개운함과 이어질 나날의 걱정에 산 자들의 삶은 다시 속도를 내기 마련이다.

죽음은 철저히 혼자가 되는 고독한 절차이다. 유일한 위안이라 면 과거 이 세상에 태어났던 모든 이가 죽었다는 사실이고 또 지금 살고 있는 모든 이가 머지않아 모두 죽어가리라는 명징한 사실뿐 이다.

"1분마다 1백여 명이 죽습니다. 시간당 거의 6천500명이 죽습니 다. 하루에 15만 명이 죽습니다. 각자는 저마다의 이야기가 있지만 그저 사망자들입니다. 누구나 홀로 죽는다는 것, 그의 죽음은 유일 무이한 사건이라는 것! 이것이 바로 죽음의 역설입니다."(93쪽)

바쁘더라도 한 번씩은 죽음을 떠올리며 살려 한다. 넘쳐나는 삶 의 욕망에서 그나마 나를 지켜낼 수 있는 건 우리는 모두 죽는다는 사실뿐이라 믿기 때문이다. 태어나고 자라고 결혼해 아이를 낳기까지가 생生의 과정이라면 부모를 잘 보내드리고 뒤이어 내 남은 삶을 잘 정리해가는 게 사死의 과정이라 생각한다. 생의 과정을 모두 마무리한 나는 이제 담담하게 사의 과정으로 걸어들어가려 한다.

—
상처와 고단함은 온전히
네 몫이어야 하리라

다섯 살 범민이 내게 지어준 별명은 두 개다. 하나는 괴물, 다른 하나는 똥꼬. 별명만 봐도 아들이 나를 어떻게 생각하는지 쉽게 짐작이 된다. 범민에게 나는 힘센 괴물인 반면 엄마는 지켜주고 싶은 귀하고 연약한 존재다. 한번은 아내와 함께 외출을 한 뒤 나만 먼저 돌아왔는데 현관에서부터 범민의 불호령이 떨어졌다.

"엄마는 어디 두고 혼자 왔어, 이 괴물아!"

어디 이뿐일까. 유치원에서 돌아오는 범민을 마중하러 나가면 "왜 괴물이 나왔어!"라고 소리치며 눈물을 흘리기도 한다. 엄마가 나와야 집에 들어가겠다며 농성을 벌인 적도 있다. 프로이트가 말하는 오이디푸스 콤플렉스가 무엇인지 나는 범민을 보며 생생히

배운다.

드물지만 범민이 아빠를 필요로 할 때도 있다. 슈퍼히어로로 놀이를 할 때면 잊지 않고 나를 찾는데 그때만큼은 "아빠 미니 특공대 놀이 할까?"라며 제법 달콤한 말투로 나를 꼬드긴다. 주먹질에 발길질까지 동원되는 험악한 놀이에 엄마를 끌어들일 수는 없는 노릇일 테다. 나는 기꺼이 범민이 좋아하는 만화영화 속 악당으로 변신한다. 발길질을 당한 턱을 부여잡기도 하고 이가 부러질 위기도 겪지만 신난 범민을 보면 다시 힘이 난다. 똥 치우는 일도 내 몫이다. 유아용 변기에 똥을 싼 범민은 늘 우렁찬 목소리로 아빠를 찾는다.

"아빠! 똥 치워!"

반려견인 감자가 똥을 싸도 반드시 나에게 일러준다. 똥 치우라는 범민의 목소리로 우리집은 언제나 활기차다.

맞아주고, 똥 치우고. 내 역할이 변변치 않아 조금 민망하긴 하지만 범민과 뒤섞여 사는 지금의 시간들을 나는 무척 그리워하게 될 것이다. 먼저 아이를 키워본 선배들 모두가 그렇게 말했고, 나도 본능적으로 내가 그러리라는 걸 알고 있다. 몸을 뒤집고, 앉고, 서고, 걷고, 말을 하고, 감정의 교류가 생겨났던 시간들, 그러면서 함께 웃고, 울고, 스미고, 섞였던 그 추억들을 나는 어떤 대가를 치르고 서라도 되돌리고 싶을 것이다. 범민과 온전히 함께하는 이런 복된 시간이 길어야 3년밖에 남지 않았다는 사실이 나는 좀처럼 믿기지 않는다.

집을 벗어나 사회로 나가게 될 범민을 생각하는 일은 벌써부터 애달프다. 먼저 살아본 사람으로서 사는 일의 고됨을 잘 알고 있기 때문이다. 약육강식이 판치는 학교와 적나라한 평가에 노출되는 대학 입시, 한국 남성이라면 반드시 가야만 하는 군대와 냉혹한 취업, 고단한 직장생활, 결혼, 출산, 육아. 이게 마흔 넘은 내가 여태 겪어온 세상이며 앞으로 범민이 살아내야 할 세상일 것이다.

대를 잇는다는 것이 단순히 출생의 의미만은 아닐 것이다. 부모에서 시작된 삶의 무거움과 고됨이 자식으로 이어진다는 뜻도 담고 있을 텐데 그래서 범민을 낳은 자로서 나의 애달픔은 모름지기 당연한 일이다. 지금의 나를 만든 무수한 삶의 행운이 범민에게 고스란히 이어지리라고 확신할 수 없다.

여기까지 쓰고 나니 창창한 범민의 앞날을 왜 이렇게 우중충하게 묘사하느냐는 어머니와 장모님과 아내의 원망이 나를 짓누른다. 사실 웬만큼 자란 아들을 위해 아빠가 해줄 일은 그리 많지도 않을 것이고, 또 많지 않아야만 할 것이다. 인생의 성취와 실패 그리고 그 과정의 상처와 고단함은 온전히 본인 몫이어야 하리라. 나는 다만, 지금 최선을 다하려 한다. 기꺼이 슈퍼히어로에 맞서는 악당을 연기하며 성실히 범민과 감자의 똥을 치울 것이다. 거기서 나오는 끈끈한 우정과 신뢰가 삶의 다양한 순간에서 상처받을 범민에게 알 수 없는 힘이 되리라고 믿기 때문이다. 오늘도 나는 슈퍼히어로에 맞서는 악당이 돼 범민과 함께 뒤엉킨다. 그게 지금의 범민을 사랑하는 최선의 방식이라고 믿어 의심치 않는다.

—
헌신이 목표인 삶은
대체 어떻게 가능했던 건가요?

나의 늙은 아버지와 어머니는 요즘 자주 아프다. 얼마 전에는 텃밭 일을 마치고 돌아오던 어머니가 빙판길에 미끄러져 팔이 부러졌다. 수술을 받아야 한다는 의사의 말에 아버지가 급하게 전화를 했다.

"네 엄마 수술해야 한단다. 우리끼리 해결하려 했는데 꽤 큰 수술인 것 같아. 네가 잘하는 의사 선생님 좀 알아봐주라."

그냥 전화하면 될 일인데 어떻게든 두 분이서 해결하려 했다는 말에 마음이 아렸다. 수술 뒤 깁스를 하고 누워 있는 일흔 넘은 어머니와 그 옆을 지키는 여든에 다가가는 아버지를 나는 한참 동안 바라봤다.

어머니의 팔이 다 나은 지 얼마 되지 않아 이번에는 아버지가 수술을 받았다. 몇 년에 한 번씩 말썽을 부렸던 허리디스크가 결국 터져버린 것이다. 아버지는 허리가 이상하다며 한 달 넘게 동네 병원과 한의원을 전전하면서 스테로이드 주사와 침을 맞다가 결국 내가 모시고 간 대형 병원에서 수술을 받았다.

아버지가 입원했을 때 나는 경기도 김포에 사는 어머니를 모시고 서울 강동구에 있는 병원을 오갔다. 한 시간 넘게 운전을 하며 오랜만에 어머니와 긴 대화를 나눴다.

"아들아, 네 회사 상조는 가입돼 있니?"

"네, 어머니. 다 돼 있어요. 왜요? 걱정되세요?"

"응. 나나 네 아빠나 10년 안에 누가 가든 먼저 가지 않겠니? 막상 그거 가입 안 돼 있으면 힘들다고 하더라."

"10년은 무슨, 요즘 수명이 얼마나 길어졌는데요."

가까스로 이렇게 답한 뒤 나는 할말을 찾지 못했다.

어머니가 말을 이어갔다.

"예전에는 화장이 참 싫었는데, 이제는 그게 맞는 것 같아."

"그럼 나중에 어머니 화장해드려요?"

"응. 그런데 나는 납골당은 싫다. 납골당 말고 화장해서 땅에 묻어줘. 그게 좋을 것 같아."

이미 삶의 저편에 대해 구체적으로 고민하고 있는 어머니 앞에서 세속적인 성공과 거기서 주어지는 작은 권력과 주식과 부동산으로 벌어들일 한줌의 돈을 생각하며 사는 아들은 또다시 할말이 없어졌다. 깊게 파인 어머니의 주름이 유독 더 선명해 보였다.

정확히 30년 전, 어머니는 형과 나를 데리고 강서구 내발산동에서 강남구 삼성동으로 이사를 했다. 전국에서 공부 좀 한다는 아이들이 모두 강남으로 몰리던 시대였다. 어머니는 강서구의 작은 빌라를 처분해서 강남에 15평짜리 작은 아파트 전세를 얻었다. 삶은 더 궁핍해졌으나 어머니는 더 행복해했다. 이사 온 날, 어머니는 아들들 손을 잡고 우리가 다닐 초등학교로 산책을 갔다.

"여기가 너희들이 다닐 학교야. 이제 공부 더 열심히 해야 한다."

새로운 동네에서 아들들 공부시킬 생각에 어머니는 들떠 있었다. 그 좋다는 경기고등학교에 형을 입학시키는 게 어머니의 꿈이었다. 당시 어머니 나이가 마흔하나였는데, 이제 내가 그 나이이다. 나는 요즘 30년 전 어머니와 함께 걸었던 그 길을 반려견 감자와 함께 종종 산책하는데 그때마다 속으로 묻곤 한다.

'자식들에 대한 헌신이 목표인 삶은 대체 어떻게 가능했던 건가요?'

마치 대단한 효자인 양 쓰고 있지만 사실 나는 전혀 그렇지 못하다. 어린 시절 곰살맞게 굴며 집안 분위기를 밝게 만들던 나는 취업과 결혼을 거치면서 대한민국 평균 남성 딱 그만큼에 머물렀다. 중년이 되어서는 부모에게 다정하게 구는 법을 모두 잊은 사람처럼 산다. 부모님 집에 가도 말없이 잠만 자고 돌아오는 날이 대부분이다.

다행인 건 범민이 있다는 사실이다. 재롱떠는 범민의 모습은 어릴 적 내 모습과 똑 닮았다. 표정과 몸짓 모두 그대로다. 어머니는 범민을 보며 다정했던 당신의 어린 아들을 다시 만난다. 그리고 비로소 해맑게 웃는다. 어느새 중년이 된 못난 아비가 못하는 걸 범민이 대신 해준다. 고맙다. 정말로 고맙다, 전범민.

작가의 말

—

삶 은 끝 까 지
복 잡 하 고 어 려 울 것 이 다

나는 매일 새벽 5시에 일어나 일터로 나간다. 오전 7시 50분에 시작하는 아침 방송이 요즘 내 일이다. 방송에서 나는 급증한 코로나19 환자 수를 걱정하고 좀처럼 줄지 않는 음주운전 사고를 개탄하며 갱년기 우울증에 대처하는 방법에 대해 말을 한다. 방송에서 말을 하는 이 일을 웬만큼 해내는 데 무려 15년이 걸렸다. 누구나 하는 말을 조금 더 능숙하게 구사하는 건 생각만큼 쉽지 않았다. 나는 대학을 졸업하기 전인 스물여섯에 방송국에 입사해 아나운서와 기자로 일했다. 그동안 말하고, 듣고, 쓰고, 읽는 법을 배워온 셈인데 하나하나 익히다보니 어느새 마흔을 넘겼다.

이쯤 되고 보니 말하고, 듣고, 쓰고, 읽는 일이 결국 하나인 걸 알겠다. 입과 귀와 손과 눈이 제각기 하는 일들이 어떻게 하나일 수 있을까 싶지만 시간이 갈수록 자칫 어느 하나 소홀하기라도 할라치면 문제가 생겼고 성에 차지 않는 불만이 바로 이어졌다. 일의 문턱을 하나하나 넘을 때마다 나는 좌절의 순간을 마주했다. 난 이거밖에 안 되는 놈인가 자책하며 술 마신 날이 많았다. 그때그때 써나간 기록들을 살피자니 실패라면 실패고 성장이라면 성장일 그런 이야기들이 주되었다. 그래, 나는 이런 놈이구나. 이 책에는 그런 내가 오롯이 담겨 있다.

책에 실린 글들을 처음 쓰기 시작한 건 3년 전이었다. 내 일터에서 벌어졌던 일들에 나는 몹시 분노에 차 있었고 글은 당연히 거칠 수밖에 없었다. 다행히 이 책의 편집자인 김민정 시인은 그런 나를 오래 내버려뒀고 그사이 과하다 싶을 만큼 뜨거웠던 내 분노 역시 저절로 사그라들게 되었다. 그때의 유난스러움이 책으로 엮이지 않은 게 얼마나 다행인지 모른다.

모아놓은 글들을 보니 시기별로 내 모습이 많이 다르다는 것도 알겠다. 막 사회생활을 시작한 청년의 서투름과 마흔이 넘어 비로소 주변을 돌아보기 시작한 중년의 이야기가 이 책에는 모두 담겨 있다. 특히 3부의 글은 세상과 한 발짝 떨어져 관조하듯 써내려간 느낌이 나지만 실제 나의 하루는 여전히 실수투성이다. 삶은 끝까지 복잡하고 어려울 것이다.

퇴근 뒤 대부분의 시간을 다섯 살 된 아들 범민과 보낸다. 이제 막 말을 배워가는 범민을 보며 한 인간이 평생 배워가야 할 것들이 무엇인지 자주 고민하게 된다. 훗날 범민이 이 책을 보고 우리 모두 실패할 수 있는 사람들이며 때로는 지기도 한다는 걸 자연스럽게 받아들였으면 좋겠다. 다만 잘 지는 방법도 있다는 걸 배워간다면 아빠로서 더 바랄 나위가 없을 것이다.

아내는 내가 쓴 모든 원고를 가장 먼저 읽고 다양한 충고를 건네줬다. 고마운 마음을 전한다.

2021년 5월
전종환

다만 잘 지는 법도 있다는 걸

ⓒ 전종환 2021

초판 1쇄 발행 2021년 6월 10일
초판 4쇄 발행 2021년 7월 7일

지은이 전종환
펴낸이 김민정
편집 유성원 김필균 김동휘 송원경
디자인 한혜진
마케팅 정민호 김도윤
홍보 김희숙 김상만 함유지 김현지 이소정 이미희 박지원
제작 강신은 김동욱 임현식
제작처 영신사
펴낸곳 난다
출판등록 2016년 8월 25일 제406-2016-000108호
주소 10881 경기도 파주시 회동길 210
전자우편 nandatoogo@gmail.com **트위터** @blackinana **인스타그램** @nandaisart
문의전화 031-955-8865(편집) 031-955-2696(마케팅) **팩스** 031-955-8855

ISBN 979-11-88862-90-0 03810

○ 이 책의 판권은 지은이와 (주)난다에 있습니다.
○ 이 책 내용의 전부 또는 일부를 재사용하려면 반드시 양측의 서면 동의를 받아야 합니다.
○ 난다는 (주)문학동네의 계열사입니다.
○ 잘못된 책은 구입하신 서점에서 교환해드립니다.
　기타 교환 문의 031-955-2661, 3580